GWREIDDYN CHWERW

D1352594

Gwreiddyn Chwerw

Jerry Hunter

Gwasg
Gwynedd

Argraffiad cyntaf — Mehefin 2012

© Jerry Hunter 2012

ISBN 978 0 86074 280 7

Mae'r cyhoeddwyr yn cydnabod cefnogaeth ariannol
Cyngor Llyfrau Cymru.

*Cyhoeddwyd gan
Wasg Gwynedd, Pwllheli*

I'M
CHWAER

A fedr y doethaf o ddynion ddywedyd, pa fodd y mae gwres ffrwythlawn yr haul yn ailfywiogi y sylwedd hwnnw a lygrwyd yn y ddaear; a pha sut y mae angau a llygredigaeth yn angenrheidiol i ffrwythlondeb!

HUGH DAVIES, WELSH BOTANOLOGY

Cymerwch ofal na chaiff neb syrthio'n ôl oddi wrth ras Duw, rhag i ryw wreiddyn chwerw dyfu i'ch blino, ac i lawer gael eu llygru ganddo.

HEBREAID 12:15

'Mi awn ni rŵan, Mari,' meddai'r merched. Y merched a fu'n helpu efo'r enedigaeth, yn claddu'r brych, yn sychu'r gwaed a'r chwys ac yn menthyg pethau i ferch ymhell o gartre.

'Mi awn ni rŵan, mae 'na ddynion pwysig ar eu ffordd, meddan nhw.'

A hwy a gawsant y dyn bychan . . .

SIAN NORTHEY, 'STORI ARALL'

I

Rwy'n cofio'r synau.

Roedd hi'n noson oer ganol Chwefror, a'r gwynt yn rhuo
o gwmpas y tŷ. A minnau'n gorwedd yn y gwely, gallwn
glywed y gwynt yn ffustio'r coed a safai rhwng y tŷ a
chae'r ffynnon – y canghennau'n ymdaro, yn clecian wrth
gwffio â'i gilydd. Roedd ein cartref yn nannedd y gwynt
y noson honno, a'r dannedd hynny'n cnoi hyd at y to, yn
bygwth ei frathu a'i dynnu ymaith yn gyfan gwbl. Un o'r
nosweithiau hynny pan oedd yn hawdd dychmygu bod
ein tŷ bychan ni yn llong ar ganol môr tymhestlog. Mae
synau'r gwynt ar noson o'r fath yn troi'n lluniau yn y
meddwl mor rhwydd: cresendo'r rhuo'n awgrymu brigau
tonnau ewynnog, a'r eiliadau distawach rhyngddynt yn
bantiau rhwng ystlysau'r tonnau mawrion.

Gallwn glywed tician y cloc er gwaethaf twrw'r storom,
a hynny er bod y cloc yn yr ystafell o dan y llofft. Ond
dyna ni: mae'r llawr yn denau ac mae'r cloc yn tician yn
uchel. Y cloc mawr, y cloc wyth niwrnod. Y gwyliwr tal
yn ei wisg o dderw tywyll, ei wyneb yn bres sgleiniog.
Rhifau Rhufeinig sydd arno, a'r geiriau 'M Thomas Caer
Narvon' wedi'u hysgythru'n gain o dan y rhif VI. Y tician
trwm yn atseinio trwy'r ystafell ac i'w glywed yn ein llofft
ni uwchben, hyd yn oed ar noson stormus fel noson dy
eni di.

Cefais y cloc mawr ar ôl fy nhad, yr unig beth materol

a gefais ganddo. Roedd dy dad dithau'n edliw'r etifeddiaeth hon i mi yn aml. Roedd o'n ei hedliw i'm tad hefyd, ac yntau yn ei fedd ers blynyddoedd.

'Piti na fasa fo wedi gadael rhwbath o werth i ni. Darn o dir neu chydig o bres.'

Ond mae'r hen gloc mawr yn werth arian. Dyna'r unig beth gwerthfawr a oedd gan dy dad a finnau ar y pryd – yr unig beth bydol werthfawr. Nid yw'n gweddu i'r tŷ hwn: gyda'i dderw tywyll moethus a'i wyneb sgleiniog, mae'n codi cywilydd ar y dodrefn tlodaidd o'i gwmpas. Fel bonheddwr yn ei ddillad gorau wedi camu i ganol y gweision, a hwythau yn eu dillad gwaith. Ond dyna ni: nid oedd yn gweddu chwaith i'n cartref ni pan oeddwn blentyn. Mae hanes y cloc yn stori a hanner, a deud y gwir. Adroddaf hi wrthyt rywbryd arall.

Gallwn glywed lleisiau dy chwiorydd yn achlysurol hefyd. Roeddynt am y pared â mi, wrth gwrs, yn swatio yn y llofft fach. Mor ddistaw ag y medrent fod, chwarae teg iddynt – dwy eneth fach, tair a phump oed, wedi'u cyffroi'n lân rhwng twrw'r storom a'r hyn oedd yn digwydd i'w mam yn y llofft fawr y drws nesaf. Ceisient sibrwd, ond trôi'r sibrwd yn barablu cynhyrfus ar ddim, a deuai eu lleisiau bach ataf yn y pantiau rhwng brigau tonnau'r gwynt. Roedd yn amhosibl deud pa un oedd Sara a pha un oedd Elin, mor debyg oedd eu lleisiau er gwaetha'r ddwy flynedd oedd rhyngddynt. Deuai dy dad i fyny o'r gegin bob hyn a hyn, ei draed yn curo'r grisiau'n drwm, i roi ei ben trwy ddrws y llofft fach a deud y drefn wrthynt:

'Sara! Elin! Ust! Mae'ch mam angen llonydd.'

Roeddwn i eisiau codi 'mhen a galw arno – deud bod eu lleisiau'n dod â chysur i mi. Eisiau deud bod ei lais o'n aflonyddu arna i'n fwy na'u lleisiau bach nhw. Ond fedrwn i ddim.

'Byddwch ddistaw! Mae'ch mam dan ei gofal!'

Yna rhôi ei ben trwy ddrws y llofft fawr.

'Fydd hi ddim yn hir. Mae hi ar ei ffordd.'

Ac yna sŵn ei draed trwm yn taro'r grisiau ar y ffordd i lawr i'r gegin.

Y gwynt yn rhuo. Canghennau'r coed yn ymdaro. Y distiau'n gwichian wrth i'r storom geisio sugno'r to o'r waliau. Parablu nerfus dy chwiorydd. Bytheirio dy dad. A'r hen gloc wyth niwrnod yn tician, tician.

* * *

Rwy'n cofio'r ogleuon hefyd.

Maen nhw'n deud bod rhai gwragedd beichiog yn gallu clywed ogleuon yn well na'r arfer. Doedd hynny ddim yn wir pan oeddwn yn cario dy chwiorydd, a doedd o ddim yn wir am y misoedd cyn noson dy eni dithau. Ond roedd yn sicr yn wir ar y noson ei hun. Gallwn glywed arogl afiach y tamprwydd a'r llwydni a guddiai rhwng meini'r muriau – y pydredd oedd yn bygwth dymchwel muriau'r hen dŷ, wedi'i guddio'r tu ôl i gelwydd glân y gwyngalch. Gallwn glywed arogl priddlyd huddygl; dwi'n cofio ceisio penderfynu ai trwy'r wal o'r simdde fawr ei hun roedd o'n dod ynteu o'r gegin i lawr y grisiau, a dechrau poeni nad oedd dy dad wedi glanhau'r grât ar ôl i mi fynd i orweddian. Gallwn glywed arogl gweddillion y cawl roeddwn wedi'i goginio'r diwrnod cynt. Berwais hynny o gig oedd gennym ar ôl ynghyd ag ychydig o datws, ac un nionyn wedi'i ffrio mewn saim o'r potyn cadw, ar ôl i mi ei dorri'n fân yn gyntaf. Roeddwn yn ei chael hi'n anodd plygu ond gwyddwn y dylwn baratoi rhyw fath o fwyd, rhag ofn y byddwn yn orweddiog am rai dyddiau. Paratoadau mam; doethineb mam. Ac roedd fy nghreddf mam yn iawn, 'yn doedd? Bu'n rhaid i mi fod yn orweddiog yn fuan wedyn, ond roedd digon o gawl yn yr hen sosban ddu i bara am dridiau. Balchder mam, wedi gwneud ei gwaith yn dda.

Gallwn ogleuo'r eirlysiau mewn cwpan ar y bwrdd yn ymyl y gwely – arogl cynnes, melys, fel menyn a mêl ar fara wedi'i grasu. Daeth dy chwiorydd â nhw i mi rywbryd yn ystod y prynhawn. Gwyddwn mai syniad Sara oedd o ond, yn nodweddiadol o'i hysbryd hael, roedd wedi gadael i'w chwaer fach gymryd cyfran o'r clod. Daeth y ddwy i mewn i'r llofft – Sara yn dal y gwpan ac Elin yn cydio yn y sypyn o flodau â'i dwy law. Nid yw persawr eirlysiau yn aros efo rhywun fel ceinion yr ardd, medden nhw, ac wrth ddeud hynny golygu maen 'nhw' nad ydi o mor gryf nac mor gofiadwy â sent rhosynnau. Ond dydw i ddim yn cytuno. Pa flodyn cyffredin arall sy'n dod i'r wyneb ganol gaeaf? A dyna glywaf i yn ei arogl: arogl gwyrddni, glesni a bywyd ganol gaeaf.

Blodau sy'n dangos y tymhorau i mi. Nhw ydi arwyddbyst rhawd amser, nid yr enwau a roddir ar y misoedd gan ddynion. Yr eirlysiau yn Chwefror, yn rhagflas o'r gwanwyn a ddaw. Wedyn y cennin Pedr, milwyr dewrion yn ymfalchïo yn eu buddugoliaeth dros Frenin Gaeaf. Clychau'r gog yn dilyn wedyn, ac yna ymlaen at fysedd y cŵn. Mae enwau'r blodau'n fwy ystyrlon nag enwau'r misoedd, a daw eu henwau â lliwiau ac arogleuon yn eu sgil. Gwyn, melyn, glas, piws. Eirlysiau, cennin Pedr, clychau'r gog, bysedd y cŵn.

Mae yna rai eraill y dylwn eu crybwyll. Y friallen, er enghraifft. Ond er mor hyfryd ydi hi, a'i bod yn tyfu yn yr un man flwyddyn ar ôl blwyddyn, fydda i ddim yn meddwl, rywsut, ei bod yn hawlio'i llain yn yr un modd â'r eirlysiau, y cennin Pedr, clychau'r gog a bysedd y cŵn. Ymddangos mae briallen, hawlio wna'r pedwar hyn. Maen nhw'n gadael eu lliwiau ar y tir, hyd yn oed ar ôl i'r blodau wywo. Gwyn, melyn, glas a phiws.

Tystiai'r sypyn hwnnw o flodau gwynion wrth ymyl fy ngwely i ieuenctid y flwyddyn 1899. Ac mi wyddwn mai babi'r eirlysiau fyddet ti.

Ceisiodd dy dad fynd â'r eirlysiau ymaith.

'Mi a' i â'r blodau o 'ma. Maen nhw'n anlwcus.'

'Peidiwch â'u symud. Mae'n anlwcus dod â sawl blodyn i'r tŷ, medden nhw, ond dydi'r eirlys ddim yn un ohonyn nhw. Dwi ddim yn credu mewn pethau felly, p'run bynnag.'

'Mae'n well i mi fynd â nhw, rhag ofn.'

'Ddudis i nad ydi'r eirlys yn anlwcus. Os ydach chi am gredu yn y ffasiwn goel gwrach, mi ddylsech chi o leia wbod pa flodau sy'n anlwcus a pha rai sy ddim.'

Poeni roedd o. Roedd o'n flin, ac am fwrw'i ddicter ar rywbeth neu'i gilydd. Gan i mi ei rwystro rhag lluchio'r blodau, bu'n rhaid iddo gael bwrw'i ddicter ar rywun neu rywbeth arall.

'Ble ddiawl mae Wil?'

Pan ddywedais fod yn rhaid i mi fynd i orwedd y bore hwnnw, fy mod yn gwybod dy fod di ar dy ffordd, doedd dy dad ddim yn fy nghredu gan nad oedd eisiau credu.

'Peidiwch â mwydro, Mari. Teimlo chydig yn bethma ydach chi, mae'n siŵr. Dydi o ddim yn dŵad. Ddim rŵan.'

Ond roeddwn i *yn* gwybod, ac mi ddywedais hynny wrtho yn blwmp ac yn blaen. Rhaid fy mod wedi dewis fy ngeiriau'n ddoeth – neu fod yr olwg ar fy wyneb neu ddifrifoldeb fy llais wedi'i argyhoeddi. Aeth â mi i fyny i'r

llofft a mynd draw wedyn i ofyn i Wil Tyddyn Eifion fynd
i nôl Elen Esra. Felly Wil Tyddyn Eifion oedd yn mynd â'i
sylw cyn diwedd y pnawn.

'Ble ddiawl mae Wil? Ddylsa fod wedi dŵad â hi yma
erbyn hyn.'

Bydwraig oedd Elen Esra, er nad oedd neb yn ei galw
hi'n fydwraig, dim ond 'Elen Esra'. Roedd ei henw ar
dafod pawb, bron. Hi oedd wedi helpu'r rhan fwyaf o
famau'r ardal i roi genedigaeth. Hi a dynnodd dy chwiorydd
o dywyllwch cyfrinach y groth. Roedd hi mewn tipyn o
oedran erbyn noson dy eni di – ymhell dros ei thrigain –
ond eto'n anarferol o heini. Perthynai rhyw rym iddi, bron
na ddywedwn ryw swyn hefyd, ac roedd ar dy dad ei
hofn. Fyddai o ddim ei rhegi hi yn ei chefn fel y gwnâi â'i
ffrind gorau, Wil Tyddyn Eifion. Ddywedai dy dad mo'i
henw, chwaith, dim ond cyfeirio ati fel 'y hi'.

'Ddylsa Wil, y diawl, fod wedi dŵad â hi yma erbyn
hyn,' meddai eto.

'Cerddad maen nhw, chwara teg. Ac mae'n dipyn o
bellter.'

'Ond *ddylsan* nhw fod yma erbyn hyn. Mi a' i i weld.'

Ac yna sŵn ei draed trymion yn curo'r grisiau unwaith
eto.

* * *

Ychydig o lonydd a gawn i gan y poenau, ond mae'n rhaid
eu bod wedi esmwytho digon i ganiatáu i mi led-gysgu
rywbryd tua diwedd y pnawn.

Deffrois pan ddaeth Elen Esra i mewn i'r llofft. Tynnodd
siôl frethyn oddi ar ei hysgwyddau wrth gamu at erchwyn
y gwely, a'i lluchio'n ddiseremoni o dan y bwrdd bach. Ar
wahân i'r siôl, fyddai hi ddim yn gwisgo'n debyg i hen

wragedd eraill yr ardal. Welwyd erioed mohoni mewn bodis a barclod, a fyddai hi ddim yn gwisgo cap na het am ei phen chwaith. Roedd hi'n amlwg o'r modd y symudai na wisgai staes na phais o dan ei dillad – dim ond sgert laes frown a smoc lwyd, a honno'n llac ac yn gadael iddi blygu'n hawdd a symud yn gyflym pe bai raid.

Plygodd drosta i, gan estyn ei llaw a symud fy ngwallt oddi ar fy wyneb. Rhoddodd ei llaw ar fy nhalcen wedyn, a gwasgu'n dyner.

Wyneb llydan, cryf a sgwâr fel wyneb dyn oedd ganddi ond roedd yn un hardd – ei chroen yn syfrdanol o esmwyth o ystyried ei hoedran, a'i llygaid yn pefrio fel fflamau gwyrddion yng ngolau egwan y llofft.

'Sut mae 'mechan i heno?' Llais tawel ond cadarn ac yn mynnu sylw – yn lapio amdanaf ac yn cau allan holl synau eraill y noson.

Anghofiais am y storom y tu hwnt i'r mur. Anghofiais am dy dad a'i fytheirio. Caeais fy llygaid a gadael i'r llais cynnes hwn olchi drosta i.

'Gad i mi weld sut mae hi arnach di 'wan, Mari fach.'

Tynnodd y dillad gwely i'r naill ochr. Cododd fy nghoban, a theimlais ei dwylo deheuig ar fy mol ac yna'n pwyso'n ysgafn ar f'asennau. Gwasgodd fy nghoesau a'u rhwbio'n gyflym rhwng ei dwylo, i lawr o'm cluniau at fy nhraed ac i fyny'n ôl. I fyny ac i lawr, y naill goes ar ôl y llall. Wedyn twtiodd fy nghoban a'r dillad gwely.

'Dyna ni, 'mechan i. Dyna ni. Poenau esgor ydyn nhw.'

Gwyddwn ei bod hi'n iawn. Gwyddwn yr eiliad yr es i orwedd y bore hwnnw mai poenau esgor oeddan nhw, felly doedd hi'n ddim syndod i mi glywed hyn gan Elen Esra. Yn wir, roedd ei chlywed hi'n llefaru'r geiriau'n cynnig cysur o fath. Wrth ddatgan ei bod yn gwybod mai poenau esgor oeddan nhw, roedd hi'n dangos ei bod yn deall hyd a lled fy mhryderon. Er na ddywedodd lawer mwy am y tro, gwyddwn fod Elen Esra'n gwybod y cwbwl. Ddywedais i ddim wrthi fod y poenau'n waeth na'r rhai roeddwn wedi'u cael adeg geni fy nau blentyn cyntaf – teimlwn y gwyddai hi hynny'n iawn. Doedd dim raid imi, chwaith, ddeud wrthi fod y poenau wedi dod yn rhy gynnar. Rhyw fis yn rhy gynnar, os nad mwy na hynny.

'Dyna ni, Mari fach. Mae'r babi yma â'i fryd ar ddod heno. Cynnar neu beidio, mae'n dod heno, a dyna ni.'

Babi'r eirlysiau fyddet ti.

Roeddwn i'n sicr o'r cychwyn cyntaf mai hogyn fyddet ti. Ddywedais i mo hynny wrth dy dad. Mae'n debyg y byddai rhai yn fy nghyhuddo o fod yn sbeitlyd, ac eraill yn deud fod ymddwyn yn sbeitlyd yn bechod, ond ni ofynnwn am faddeuant gan neb am hyn o gamwedd – os camwedd oedd o.

Roedd ar dy dad eisiau mab. Doedd o ddim yn ceisio cuddio'i ddyhead, ond yn hytrach yn ei fynegi mewn ugeiniau o ffyrdd gwahanol.

'Braf ar Wil. Mae ganddo fo ddau fab yn barod, ac mae Lisa'i wraig yn ifanc. Mae'n deud y bydd ganddo fo lond y tŷ o hogiau cyn bo hir, a dwi'n siŵr ei fod o'n iawn.'

'Byddwch yn ddiolchgar, Tomos. Mae gynnon ni ddau blentyn holliach.'

'Dwy hogan.'

'Dwy hogan holliach. Byddai llawer o bobl yn ddiolchgar iawn am hynny. Ddylech chi ddim rhyfygu a bychanu'r fendith rydan ni'n ei mwynhau, ac mae dwy hogan holliach *yn* fendith. Mae Jane Wiliams wedi colli pob un o'i phlant – y pedwar ohonyn nhw, pob un wedi marw ar ei enedigaeth neu'n fuan wedyn.'

'Dwi ddim yn sôn am Jane Wilias. Mi anwyd mab i Dafydd Gruffydd, a hynny ryw wythnos neu ddwy ar ôl i Wil gael ei ail fab. Ac yn fuan wedyn dyna fab yn cael ei eni i Owen Cae Garw.'

'Ddylech chi ddim siarad fel yna, Tomos. Rydan ni wedi'n bendithio hyd yn hyn.'

Mi ddylwn fod wedi dyfynnu'r ysgrythur a deud bod Duw wedi creu pobl ar ei ddelw ei hun, yn wryw ac yn fenyw. Mi ddylwn fod wedi deud bod y Gair yn profi bod bywyd merch yr un mor sanctaidd â bywyd mab. Ond fu lluchio adnodau i ganol dadl fel y bydd rhywun yn taflu halen neu rosmari i mewn i gawl ddim yn unol â'm natur i erioed.

Rhestrai dy dad ei resymau, fel petai pethau bydol felly yn cyfiawnhau ei awydd i ystyried y naill enaid yn fwy gwerthfawr na'r llall. Fyddai hwn-a-hwn ddim yn byw am byth, ac roedd yn gobeithio y câi un neu ddau o'i gaeau i'w rhentu ar ôl iddo farw. Byddai hynny'n dod â thipyn yn ychwanegol i ni yn y diwedd, ond byddai angen help llaw er mwyn gweithio'r tir. Gallai mab fynd i'r chwarel hefyd. Ac felly ymlaen – hyd at syrffed.

Gwranda di: dydw i ddim yn ymddiheuro am beidio â sôn wrth dy dad 'mod i'n gwybod â sicrwydd greddf mam mai mab fyddet ti. Doedd fy nistawrwydd ddim yn amharch i ti nac i'r bywyd y gallet ei fyw, dim ond fy mod i'n chwyrn yn erbyn y math yna o siarad. Ystyriwn ddyhead o'r fath yn bechod, yn bechod ac yn dramgwydd yn erbyn dy ddwy chwaer ac yn erbyn pob merch arall a aned erioed – yn erbyn pob merch arall fydd yn cael ei geni hyd ddiwedd amser.

Felly, roddais i mo'r pleser hwnnw iddo fo.

Ond wnes i ddim rhag-weld nes i'r poenau esgor ddechrau mai babi'r eirlysiau fyddet ti. Awgrymai trefn naturiol pethau y deuet gyda'r cennin Pedr olaf neu, o bosibl, gyda'r clychau'r gog cyntaf.

Nid gydag unrhyw flodyn y daeth Elin, ond gyda'r

mwyar duon a'r afalau trymion ar ddiwedd haf godidog. Babi'r cynhaeaf oedd hi. Ond fe ddaeth Sara gyda'r cennin Pedr, ac mae hi'r un mor gefnsyth a phenderfynol â'r blodyn hwnnw. Yr un mor siriol ei gwên hefyd. Ni pherthyn dim o Narsisws iddi, diolch i'r drefn.

Byddai Nhad yn adrodd stori Narsisws yn aml. Y dyn balch a syrthiodd mewn cariad â'i adlewyrchiad ei hun, gan aros yno ar lan y llyn yn syllu arno'i hun. Yn ymgolli yn ei ddelw ei hun. Fedrai o ddim tynnu'i lygaid oddi ar ei harddwch ei hun, a fedrai o ddim symud o'r fan. Yno'r arhosodd, heb fwyta, nes y bu farw. Ac yno, ar lan y llyn, y tyfodd y genhinen Bedr gyntaf erioed a welwyd ar wyneb y ddaear. Blodyn a elwir mewn rhai ieithoedd yn narsisws. Ar ei ôl o.

Dwi'n cofio Nhad yn adrodd y stori wrtha i un tro a minnau'n fawr o beth ac yn ei ddilyn i'r ardd fach oedd gennym yn ymyl giât y tyddyn. Roedd cennin Pedr cynta'r flwyddyn wedi blodeuo, a dyma fo'n dechrau adrodd y stori. Gofynnais iddo a oedd wedi dod o hyd iddi yn y Beibl. Daeth pwl o chwerthin drosto. Dyma fi'n gofyn wedyn, os nad oedd o wedi'i darllen yn y Beibl, a oedd o wedi'i chlywed yn yr ysgol Sul. Chwarddodd eto, nes ei fod yn ei ddyblau. Eglurodd wedyn nad un o straeon y Beibl oedd hi, ond un o straeon yr hen Roegiaid – un a adroddid flynyddoedd lawer cyn i Iesu Grist ddod i'r byd.

Adroddai Nhad straeon nas clywn gan neb arall. Roedd straeon eraill fel pe baent yn eiddo i bawb yn y cyffiniau. Straeon am y tylwyth teg, y deryn corff a'r ci du. Felly hefyd straeon y Beibl: roedd sarff Eden, y Brenin Dafydd a'r Samariad Trugarog yn gymeriadau oedd yn fyw yn nychymyg plant yr ardal, yr un fath â'r ci du ac ysbryd y gors.

Felly, pan oeddwn yn blentyn, roeddwn yn hollol sicr

mai Nhad oedd yr unig chwarelwr a adroddai stori Narsisws a'i thebyg wrth ei blant. Tyddynnwr tlawd a chwarelwr oedd o o ran ei gefndir, un na chawsai fanteision addysg ffurfiol mwy na thyddynwyr a chwarelwyr eraill yr ardal, ond eto'n gwybod mwy am y byd mawr y tu hwnt i'r mynyddoedd na neb arall roeddwn i'n ei nabod. Neb, ar wahân i Mrs Rowlands.

Roedd gan Nhad ddiddordeb neilltuol mewn blodau, planhigion a choed o bob math. Diddordeb a dawn. Dôi pobl heibio'r tyddyn i weld ei ardd fach, mor ysblennydd oedd y cynnyrch y llwyddai i'w dyfu ar y dernyn bychan hwnnw o dir caregog. Dôi eraill i ofyn cyngor, i'w holi ynghylch dirgelion rhiwbob neu datws.

Felly, pan glywodd Nhad fod Mrs Rowlands wedi symud i Blas Uchaf a'i bod hi'n chwilio am arddwr, gwelodd ei gyfle. A dyna oedd ei waith wedyn: trodd ei gefn ar y chwarel a dod yn arddwr Plas Uchaf.

Gan fod fy mam wedi marw ar fy ngenedigaeth, a bod cyn lleied o deulu gan fy nhad a finnau, Mrs Rowlands oedd y peth agosaf at deulu oedd gennym. Ac er iddi ymado â'r fuchedd hon pan oeddwn i'n ddim ond deuddeg oed, bu'n fwy o ddylanwad arna i ac yn bwysicach rhan o'm plentyndod na neb ar wahân i Nhad.

Roedd Mrs Rowlands mor wahanol i wragedd eraill yr ardal ag roedd Plas Uchaf i'r cartrefi eraill yr awn iddyn nhw. Capten llong oedd ei gŵr. Buasai'r ddau'n byw mewn tŷ crand yn y dre, dafliad carreg o'r môr. A deud y gwir, hi oedd yn byw yn y tŷ mawr hwnnw, gan fod ei gŵr i ffwrdd y rhan fwyaf o'r amser. Mi fu o farw o ryw afiechyd neu'i gilydd mewn porthladd pell. Yn fuan ar ôl ei golli, etifeddodd Mrs Rowlands Blas Uchaf ar ôl ei hewythr. A hithau'n ddi-blant, doedd hi ddim yn gyfrifol am neb arall, ac felly penderfynodd werthu'r tŷ yn y dre a symud i'r cartref ar ochr y mynydd.

Roedd 'y dre' yn destun rhyfeddod i ni, blant y Fron Uchaf. Llundain ein dychymyg. Dyhead. Cenfigennwn at y rhai a gâi fynd yno; roedd hi'n ddigon o wefr i ni gerdded i lawr i'r dyffryn, yna dringo heibio'r chwarel i'r llethrau'r ochr draw lle gellid gweld y dre islaw, yn berl tywyll wedi'i sodro rhwng y gwastatir a'r môr. Anaml iawn y câi unrhyw blentyn o'r Fron Uchaf deithio mor bell â'r dre.

Syndod, felly, oedd clywed bod Mrs Rowlands wedi dewis gadael y dre a'i rhyfeddodau. Pan gefais gyfle yn ddiweddarach, holais hi ynghylch hynny â rhyfyg diniwed plentyn, a dywedodd nad oedd hi wedi meddwl eilwaith pan benderfynodd ffarwelio â'i hen dŷ, troi'i chefn ar y môr a symud i ganol y mynyddoedd. Eglurodd ei bod wedi treulio hanner ei bywyd yn gaeth i'r glannau, yn disgwyl i'w gŵr ddychwelyd, a'i bod yn awchu am awyr rydd y mynydd. A dyna a'i gwnâi'n wahanol i mi, mewn gwirionedd, yn hytrach na'i thŷ mawr a'i sent lafant, a'r sbectol a wisgai fel mwclis ar linyn o ddefnydd euraid. A minnau'n cysylltu'r môr â rhyddid – cri'r wylan, arogl heli a'r awel a chwythai o wledydd pell, y tonnau oedd yn llwybrau i longau a gludai deithwyr i'r India a'r Amerig ac yn bellach eto – nid oedd y cyfryw bethau ond nodweddion caethiwed i Mrs Rowlands, atgofion oes o ddisgwyl am ŵr na ddeuai'n ôl ati.

Mrs Rowlands roddodd y cloc wyth niwrnod i ni, ond y rhoddion mwyaf a gawsom ganddi oedd ei dysg a'i charedigrwydd. Fel roedd Plas Uchaf mor wahanol i dai bychain yr ardal, felly hefyd roedd dysg Mrs Rowlands yn wahanol iawn i'r addysg a lanwai bennau'r rhan fwyaf o'n cydnabod. Ac er nad oeddwn yn credu stori Narsisws, roeddwn yn ei hoffi gan ei bod hi mor wahanol i'r adnodau a'r gwersi a ddysgid inni yn yr ysgol Sul.

Cofiwch bechod Efa. Cofiwch wraig Potiphar.

Gallwn gynnig moeswers amgen: cofiwch Narsisws.

Dydw i ddim yn credu bod y stori'n deg â'r blodyn; dydi cenhinen Bedr ddim yn hunan-falch yn y modd hwnnw. Mae'n flodyn tlws, wrth reswm, ond mae ei dlysni'n gymysg â'i ddewrder a'i annibyniaeth gefnsyth. Fel Sara dy chwaer: mae hi'n gryf o ran natur, hyd at styfnigrwydd pan fo angen, ond dydi hi ddim yn hunandybus.

Felly, yn yr ystyr mai stori am falchder ydyw ac nid stori am flodyn y mae gwirionedd stori Narsisws.

Cofiwch Narsisws, y dyn a fu farw o falchder.

Ond mi ddoist ti gyda'r eirlysiau.

* * *

Chofia i fawr ddim heblaw presenoldeb Elen Esra am sbel go lew ar ôl iddi gyrraedd. Ei llygaid gwyrddion yn edrych arna i mewn modd nad oeddwn wedi'i brofi ond dwywaith o'r blaen, sef pan oedd hi'n tywys dy ddwy chwaer i'r byd. Ond roedd poenau dy esgor di'n llawer gwaeth a'r enedigaeth yn ymestyn dros gyfnod hwy, felly roedd Elen Esra yno efo fi am fwy o amser, ei llygaid yn dal fy llygaid innau, yn fy sugno i'w pyllau dyfnion, yn cynnig ymwared ac yn addo lloches. Hoffwn feddwl bod fy mam fy hun wedi edrych arna i â golwg debyg cyn iddi farw, ond dim ond yn fy nychymyg y gallai hynny fod.

Ar y naill law roedd poenau fy nghorff, myllni'r gwely esgor a'r pryder a stelciai o 'nghwmpas; ar y llall roedd llais, llygaid a dwylo Elen Esra. Yn ôl ei harfer gweithiai'n gyflym, ei dwylo fel pe baent ym mhobman yr un pryd – yn rhwbio 'nghoesau, yn tylino 'mol, yn teimlo 'nhalcen.

Yn mwytho, yn anwesu, yn profi ac yn gwasgu. Yn union fel na ddangosai croen llyfn ei hwyneb mo'i hoedran, felly hefyd nid oedd mymryn o gryndod yn ei llais. Llafarganai ei geiriau, yn weddi syml a gynigiai sicrwydd:

'Dyna ni, 'mechan i,
dyna chdi, fy Mari fach i.'

Roedd ei phresenoldeb yn ddigon i dawelu dy chwiorydd hefyd; chlywais i mo'u lleisiau gydol yr holl amser y bu Elen Esra efo mi. Roedd yn ddigon hyd yn oed i dawelu dy dad. Mae'n beth hurt, ond byddwn yn fodlon taeru ei bod hi wedi tawelu'r storom y tu allan hefyd.

Chlywn i ddim am rai oriau, felly, ar wahân i'w llais hi a'm hisel riddfan innau. Tawelwyd pob sŵn arall gan rym cyfrin ei llais. O leiaf am ryw hyd.

Aeth dy dad yn was bach iddi. Roedd Elen Esra wedi gofyn – na, wedi gorchymyn – iddo ddod â rhai pethau i'r llofft. Sosbennaid o ddŵr wedi'i ferwi. Llestr yn llawn o ddŵr oer. Cadachau glân. Halen. Rhagor o ganhwyllau, gan nad oedd ond un lamp olew yn y tŷ. Ddywedai o 'run gair, neu o leiaf dydw i ddim yn cofio clywed ei lais – dim ond ei llais hi'n gofyn am 'chwaneg o ddŵr glân neu ragor o olau. Roedd o'n ufudd ac yn ddistaw, yn ildio'i awdurdod arferol i rym ei gwybodaeth hi. Doeddwn i ddim yn ymwybodol ohono ac eithrio pan alwai hi arno, ei fytheirio a'i regi a sŵn ei draed mawr wedi'u trawsffurfio'n sibrwd tawel gwas ufudd na feiddiai dynnu'n groes i'w feistres. A phob tro y dechreuwn innau godi 'mhen neu geisio mynegi 'mhryder mewn ffordd arall, lapiai ei llais o'm hamgylch gan fy nhawelu drachefn:

'Dyna ni, fy Mari fach i,
dyna chdi, 'mechan i.'

Ei dwylo deheuig yn gwasgu, gwasgu, yn profi ac yn tylino. Yn teimlo 'mol ac yn tynnu'r cadach oddi ar fy nhalcen ac yn rhoi un arall – gwlyb ac oer – yn ei le. Bob tro yr agorwn fy llygaid, dyna lle roedd ei llygaid gwyrddion hi'n sugno fy mhryderon i mewn i'w dyfnderoedd, a'i llais yn cysuro fel mam yn canu hwiangerdd i fabi:

'Dyna ni, 'mechan dlos i, dyna ni.'

Rhaid bod pethau wedi aros felly am sbel go lew: y storom wedi'i dofi gan Elen Esra, a 'mhryderon wedi'u claddu yn nyfnderoedd ei llygaid. Roedd y ffaith dy fod ti'n dod i'r byd yn gynnar – yn rhy gynnar o lawer – yn golygu nad oedd pethau fel y dylsent fod, wrth gwrs, ond ciliodd fy ofnau dros dro yn ystod oriau ei theyrnasiad hi yn y llofft.

Yn raddol, dois i sylweddoli bod dy dad yn fwy o bresenoldeb yn yr ystafell. Roedd ychydig llai o'r gwas bach ufudd yn ei gylch bellach ac roedd wedi dechrau holi cwestiynau. O dipyn i beth, dechreuodd y gwas wrthryfela yn erbyn ei feistres.

'Be sy'n digwydd rŵan, Elen Esra? Be dach chi'n trio'i neud rŵan?'

'Byddwch ddistaw, Tomos Jones.'

'I be dach chi'n gneud hynna?'

'Byddai ceisio egluro i chi fel bwrw halen i'r môr. Byddwch ddistaw, ddyn.'

Cofiaf ei chlywed yn gofyn iddo fynd i nôl rosmari a mintys. Finnau'n poeni na fyddai o'n gwybod ym mhle y cadwn y pethau hynny, ond fedrwn i ddim dod o hyd i'r geiriau i egluro iddo ac ni cheisiais agor fy ngheg. Rhaid ei fod o *yn* gwybod, oherwydd mi gofiaf eu harogleuon wrth i Elen Esra eu cymysgu â dŵr berwedig a halen mewn powlen wrth droed y gwely, allan o'm golwg. Cofiaf hefyd glywed oglau tebyg i finegr, a meddwl nad oedd hi wedi gorchymyn i'th dad nôl hwnnw. Dois i'r casgliad fod Elen Esra wedi dod â rhai pethau efo hi, mae'n rhaid.

'Dyna ni 'mechan i, bydd y potes 'ma'n gwneud lles i chdi.'

* * *

'Nid da pob potes.'

Cysylltaf y dywediad hwnnw â Nhad. Chlywais i mohono gan neb arall, a deud y gwir. Fo fathodd o, am wn i, a hynny wrth gyfeirio at rywbeth roeddwn i wedi'i wneud pan oeddwn i'n blentyn ifanc iawn.

Roedd Nhad wrthi'n twtio'r ardd – yr ardd fach o flaen ein tŷ ni, nid un o erddi Plas Uchaf. Mae'n debyg mai rywbryd yn ystod y blynyddoedd cyn i Mrs Rowlands a Phlas Uchaf ddod yn rhan o'n bywydau fuasai hyn; fel y dywedais, roeddwn i'n ifanc iawn ar y pryd. Roedd y cennin Pedr wedi mynd yn ormod o drwch yn y llain ar hyd y wal yn ymyl y giât, felly cododd Nhad nifer o'r gwreiddiau ddiwedd yr haf. Bylbiau fydd llawer o bobl yn galw gwreiddiau cennin Pedr heddiw; rydw i'n credu mai 'oddfau' fyddai'r gair y byddai Mrs Rowlands wedi'i ddefnyddio. 'Gwreiddiau' fyddai Nhad yn eu galw. Beth bynnag, roedd wedi codi'r gwreiddiau a'u gosod yn rhes ar y gwair yn barod i'w symud i ran arall o'r ardd, cyn mynd i nôl gwrtaith o'r domen neu rywbeth arall roedd arno'i angen at y gwaith.

Roeddwn i wrthi'n chwarae â hen gwpan oedd wedi colli'i dolen, ac felly wedi cael mynd yn degan. Byddwn yn ei llenwi â dŵr o'r ffynnon yng ngwaelod yr ardd ac wedyn yn chwilio am bethau i'w rhoi ynddi – pridd, dail, cerrig mân. Yna cymysgu'r cynnwys â brigyn bach, yn lle llwy, a'r cyfan yn ymrithio'n gawl yn fy nychymyg. Wedyn ei dywallt, a dechrau o'r dechrau â chynhwysion newydd.

Gwneud potes. Coginio cawl.

Tynnwyd fy sylw gan y rhes dwt o wreiddiau cennin Pedr, ac achubais ar y cyfle i gipio dau neu dri ohonyn nhw. Roeddan nhw'n edrych yn debyg iawn i nionod, a gwyddwn innau fod nionyn yn beth da i'w roi mewn cawl. Felly pan ddaeth Nhad i'r golwg eto, dyna lle roeddwn yn eistedd ar y garreg wastad fechan yn ymyl y giât, yn malu'r gwreiddiau â darn o fricsen, ac yn eu rhoi i mewn yn yr hen gwpan efo gweddill y stwnsh. Rhuthrodd ata i a chydio yn fy mraich ag un llaw, gan fy llusgo ar fy nhraed yn frawychus o gyflym, a chipio'r gwpan oddi arna i yr un pryd. Brasgamodd drwy'r giât a lluchio cynnwys y gwpan i ganol y lôn, cyn troi ar ei sawdl a chamu 'nôl ata i. Aeth ar ei gwrcwd o 'mlaen, gan ddal y gwpan wag i fyny ag un llaw a chydio'n dyner yn f'ysgwydd â'r llaw arall.

'Paid ti *byth* â byta gwreiddiau cennin Pedr, Mari. Wyt ti'n clywad?'

Anaml iawn y gwelwn fy nhad yn flin. Roedd o wedi brifo 'mraich ychydig wrth fy nhynnu ar fy nhraed – rhywbeth na wnâi byth. Roeddwn innau'n igian crio erbyn hyn, gan feddwl ei fod yn flin efo fi am ddwyn ei gennin Pedr.

'Ddrwg gen i, Nhad. O'n i'n meddwl bod gynnoch chi ddigon ohonyn nhw.'

'Na, Mari fach, dwyt ti ddim yn dallt. Dim ots am y cennin Pedr – poeni amdanat ti ydw i. Paid ti *byth* â byta cennin Pedr, yn enwedig y gwreiddiau – wyt ti'n dallt?

Maen nhw'n wenwyn pur. Wyt ti'n dallt beth ydi hynny? Maen nhw'n *wenwyn*, Mari.'

> Mae llawer gwreiddyn chwerw yn yr ardd
> Ac arno hardd flodeuyn.

* * *

Gwnaeth potes Elen Esra les i mi. Byddai'n rhoi llwyaid ohono imi bob hyn a hyn, gan ddisgwyl i mi agor fy ngheg cyn gadael i'r diferion lithro dros fy ngwefusau. Byddai'r boen yn lleddfu ychydig ar ôl pob llymaid. Roedd hefyd yn clirio fy mhen, ac yn fy neffro, rywsut, yr un pryd – down yn fwy ymwybodol o'r hyn oedd yn digwydd i mi, gan ei gwneud yn haws imi ganolbwyntio ar y gwthio a'r gafael angenrheidiol.

Cymysgodd rywbeth gwahanol mewn powlen arall, a throchi cadach ynddo. Tynnai'r cadach gwlyb, oer oddi ar fy nhalcen bob hyn a hyn a rhoi'r cadach newydd hwn yn ei le, yn gynnes ac yn llaith ac yn arogli fel lemon a lafant, a rhyw sent arall na fedrwn mo'i enwi. Wedyn sgubai'r cadach hwnnw ymaith, a rhoi'r un oer ar fy nhalcen unwaith eto.

Dôi dy dad i'r llofft yn amlach erbyn hyn, a hynny heb ei wahodd na'i orchymyn. Dôi'r cwestiynau i Elen Esra'n llawer amlach o'i enau hefyd.

'I be . . . i be dach chi'n gneud hynna?'

'Dwi wedi deud wrthach chi, bwrw halen i'r môr fyddai ceisio egluro i chi, a does gen i mo'r amser i bethau felly rŵan. Byddwch ddistaw, Tomos Jones, os gwelwch yn dda.'

'Well imi fynd i nôl Wil, a gofyn iddo fo fynd i nôl y Doctor.'

'Mi fydda hynny'n cymryd amser, ac mae arna i eich angen chi yma i ferwi dŵr a golchi cadachau.'

'Ond mi ddylsa'r Doctor ddŵad – o 'styried sut mae petha.'

Felly bu hi wedyn am sbel go lew. Tybiwn fod dau beth yn brwydro yn erbyn ei gilydd ym mynwes dy dad: ar y naill law roedd arno ofn Elen Esra a'i hawdurdod cynhenid, ac ar y llall roedd ei rwystredigaeth o orfod idlio'r awdurdod yr arferai ei arddel yn ei gartref ei hun.

Wrth i'r noson lusgo yn ei blaen dechreuodd y rhwystredigaeth ennill y frwydr. Erbyn y diwedd, roedd y gwas bach ufudd wedi cilio'n gyfan gwbl, a meistr blin wedi dod i gymryd ei le. Cwestiynai bopeth a wnâi'r fydwraig:

'I be gwnewch chi hynna? Pa les wneith cadach arall rŵan? Mi ddylsan ni fynd i nôl y Doctor yn lle gwastraffu rhagor o amser efo petha fel'na.'

Tynnodd Elen Esra ei llygaid oddi arna i a throi ato fo, ei llais yn codi'n ddisymwth o'i llafarganu cysurlon yn gyfarthiad bygythiol:

'Tewch â sôn am y Doctor, wnewch chi, Tomos Jones? Dwi wedi cydwasanaethu â'r Doctor o'r blaen, ac mi fedra i ddeud wrthach chi be ydi swm a sylwedd ei wybodaeth. Ewch i'w nôl o, Tomos Jones, os oes raid ichi, ond mi wn i'n rhy dda be wnaiff o – siarad gormod a gneud rhy ychydig.'

Dechreuodd dy dad brotestio, er bod ei hyder yn gwegian. Fedrwn i mo'i weld o, ond gallwn glywed y grym a'r penderfyniad yn llithro o'i lais, er nad oedd wedi ildio'n llwyr eto.

'Fydd o ddim gwaeth . . .'

Cododd y fydwraig ei llais yn uwch eto, nes ei bod yn gweiddi arno:

'O bydd, bydd. Mi ddeudith yr hen Ddoctor betha digon doeth, fel "Gwasanaethu natur: dyna waith meddyg, wyddoch chi" – ond wnaiff o ddim llawer o ddim byd i helpu natur, neu, yn bwysicach, wnaiff o ddim byd i gwffio yn erbyn natur pan fo hi yn eich erbyn chi. Pan fyddwn i'n teimlo'r corff am arwyddion o symudiadau'r babi, a'r chwyddo a all fod yn beryglus i'r fam, mi fydda fo'n datgan bod "aelodau'r corff yn anarferol o oer ac wyneb y claf yn welw, a bod hynny'n arwydd fod y famwst yn cyd-daro â'r geni". Bydd yn rhybuddio rhag rhyw bethau fel "gorestyngiad y groth", ond fydd o ddim tamaid nes i'r lan o ran cael y babi i'r golau yn fyw, er gwaetha'i holl siarad. Mae'r Doctor wedi colli llawer o fabanod, Tomos Jones, mi ddweda i hynna wrthach chi. Llawer iawn mwy na fi. Dydi o'n rhoi dim pleser i mi ddeud hynna, ond mae o'n wir. Wel, dyna ni: dwi wedi deud fy neud. Ewch i nôl y Doctor os mynnwch chi, ond gadewch lonydd i mi dendio ar eich gwraig rŵan.'

Llwyddodd i ddofi dy dad yn llwyr, gan guro'r meistr o'i galon a gwysio'r gwas bach yn ei ôl. Aeth o'r llofft yn ddistaw.

Trodd Elen Esra'n ôl ata i pan giliodd dy dad o'r ystafell, ei llais yn suo a'i llygaid gwyrddion yn sugno fy mhryderon i mewn i'w dyfnderoedd:

'Dyna ni, 'mechan i. Mi fyddwn ni'n iawn rŵan, Mari fach.'

Gwyddwn nad oedd ar dy dad eisiau rhoi dim o'i arian prin i'r meddyg (a godai fwy o lawer am ei wasanaeth na'r fydwraig), er ei fod wedi'i fagu i barchu'r meddyg yn fwy na hi. O'm rhan i, ymddiriedwn yn llawer iawn mwy yn Elen Esra nag yn unrhyw feddyg nad o'n i'n ei nabod.

Yn union fel pan anwyd dy chwiorydd, nid oedd dy dad am roi arian yn llaw'r meddyg, a doeddwn innau ddim am i neb ond Elen Esra fod efo fi.

Yn gytûn, ein dau, ond am resymau gwahanol.

Mae'n debyg fod dy dad wedi dechrau synhwyro erbyn hynny mai hogyn fyddet ti, ac wedi dechrau ofni dy golli. Mae'n bosibl nad yw'n deg imi edliw hynny iddo; mae'n bosibl y byddai wedi poeni'r un faint petai'n credu mai merch oedd ar fin cael ei geni. Mae'n ddigon posibl hefyd ei fod yn poeni amdana i. Ond allwn i ddim dehongli'r oriau hynny heblaw yng ngoleuni'r pethau a wyddwn am dy dad.

Bu farw fy mam noson fy ngeni i. Doedd hynny ddim yn beth anghyffredin ar y pryd ond roedd o'n beth llai cyffredin yn y cyffiniau hyn. Mae mamau a babanod y Fron Uchaf a'r pentrefi cyfagos wedi bod yn hynod ffodus yn y gofal a gawsant – ond marw fu hanes fy mam i.

Er bod y babi a enir dan amgylchiadau o'r fath hefyd yn aml yn marw, blaguro wnaeth fy mywyd i pan ddaeth cysgod angau dros fy mam. Mae'r ffaith honno wedi llywio gweddill fy mywyd mewn rhyw ffordd neu'i gilydd.

Teimlwn gysgod marwolaeth fy mam drosof bob tro yr awn yn orweddiog cyn esgor. Y tri thro. Doeddwn i ddim yn ei ddisgwyl y tro cyntaf, cymaint oedd fy llawenydd pan ddaeth y poenau. Deisyfwn gael fy nheulu fy hun yn fwy na dim byd arall ar wyneb y ddaear, a doedd geni Sara yn ddim amgen na rhoi genedigaeth i'r teulu newydd hwnnw. Es i'r gwely, ac yn y man daeth Elen Esra. Daeth Beti Ifans hefyd i gynorthwyo, a Lisa, gwraig Wil. Eisteddai Wil efo dy dad yn y gegin, yn dda i ddim byd wrth i Lisa a Beti fynd a dod, yn berwi dŵr a nôl y pethau y gofynnai Elen Esra amdanynt. Cred ti fi, doeddwn i ddim wedi bod mor hapus ers blynyddoedd – ers pan oedd fy nhad yn fyw.

Oedd, roedd yna boen ac roedd yna bryder, ond roeddwn i'n cael yr hyn a ddeisyfwn fwyaf yn y byd, a gwnâi'r holl brysurdeb o'm cwmpas i mi deimlo fel brenhines yn ei llys – pawb yn cyd-dynnu er mwyn fy helpu i esgor ar fy mhlentyn cyntaf a chreu'r teulu fyddai'n llenwi fy mywyd.

Ond rywbryd yn ystod y nos daeth cysgod marwolaeth fy mam drosof, a'r tristwch yn cryfhau ei afael arna i gyda phob pwl o boen – y poenau roeddwn yn gorfod eu dioddef heb fod fy mam fy hun yno i afael yn fy llaw. Bob tro y gwthiwn, roeddwn yn gwthio yn erbyn y golled honno. Ceisio gwthio tristwch fy mywyd di-fam oddi wrthyf – hynny, a'r ofn y gallwn i neu fy mhlentyn ei dilyn o'r bywyd hwn yn annhymig.

Ond roedd Elen Esra yno, ei llygaid a'i llais yn fy nghysuro, yn symud yn gyflym o gwmpas y gwely esgor a phopeth a wnâi'n deud wrthyf y byddwn yn iawn. Daeth dy chwaer Sara i'r byd cyn canol nos, ar noson fwyn o wanwyn. Babi'r cennin Pedr, yn holliach, yn gryf, ac yn dlysach na'r un enaid byw a welswn erioed.

Ganol bore braf o hydref y dechreuodd y poenau esgor yr eildro, ac Elin yn cael ei geni cyn diwedd y prynhawn, hithau'n ddigon o ryfeddod. Genedigaeth hawdd gefn dydd golau. Elen Esra, Beti a Lisa yno unwaith eto'n cynorthwyo, a Wil yn cadw dy dad o'r ffordd i lawr yn y gegin. Dyflwydd oedd Sara ar y pryd. Unwaith eto daeth cysgod marwolaeth Mam yr un fath yn union â'r tro cynt; tristwch ei habsenoldeb yn tywyllu'r llofft ac yn ei gwneud yn anos i'r fydwraig a'i chynorthwywyr godi 'nghalon. Ond cyn iddi nosi roedd Elin yn fy mreichiau, yn llond ei chroen o fabi iach – plentyn y cynhaeaf – a Sara'n gwasgu i'r gwely atom er gwaethaf protestio dy dad, er mwyn rhoi mwythau i'w chwaer newydd.

Doedd y gwragedd eraill ddim yno noson dy eni di, a hynny am sawl rheswm. Yn un peth, fel y soniais, doedd dy dad ddim yn credu mai poenau esgor oedden nhw ar y dechrau, gan eu bod wedi dod mor gynnar. Yn y diwedd, wrth gwrs, mi aeth i mofyn cymorth Wil, ond allai Lisa ddim dod gan ei bod yn tendio ar un o'u hogiau nhw oedd yn bur wael ar y pryd. A Wil wedyn yn mynd i nôl Elen Esra. Rhyfedd na chynigiodd fynd i nôl Beti Ifans neu ryw wraig arall. Holais dy dad ynglŷn â'r peth unwaith, a'r hyn a ddywedodd oedd na fuasai hi wedi bod yn hawdd teithio'r noson honno gan mor arw oedd y tywydd. Credu rydw i fod dy dad wedi'i barlysu yn ei galon – yn methu dygymod â'r ffaith dy fod yn dod mor gynnar, yn methu credu mai genedigaeth go iawn fyddai hi – er iddo gydsynio i anfon am y fydwraig er mwyn fy nhawelu i.

Dyna pam roedd y tŷ mor wahanol y noson honno i'r ddau dro arall, yn enwedig cyn i Elen Esra gyrraedd. Yn hytrach na phrysurdeb pwrpasol y gwragedd eraill, yr hyn a glywn oedd rhuo bygythiol y storom y tu hwnt i'r pared, a lleisiau cynhyrfus dy chwiorydd yn dod o'r llofft fach drws nesaf yn gymysg ag ubain y gwynt. Doedd hi ddim yn syndod, felly, pan ddaeth fy mam farw i'r meddwl. Fe'i disgwyliwn hi'r tro hwn, a bron na ddywedwn fy mod yn croesawu'r teimlad. Yn hytrach na gwthio yn erbyn y golled fel modd o wthio yn erbyn y farwolaeth allai ddod yn sgil esgor, es trwy'r poenau at atgof hollol wahanol am farwolaeth fy mam fy hun. Nid 'atgof' yng ngwir ystyr y gair, sef un a dyfodd o brofiad, ond atgof a heuwyd ynof gan stori a glywswn.

Roeddwn wedi mynd i weini i'r dre ar ôl gadael yr ysgol. Roedd Mrs Rowlands wedi marw, a Nhad yn ei chael hi'n anodd cael dau ben llinyn ynghyd ar ôl i'w waith ym Mhlas Uchaf ddod i ben. Stori arall ydi honno, ond rhaid imi grybwyll yma i Nhad wneud popeth o fewn ei allu i ddal ei afael ar beth o'r hapusrwydd fuasai'n eiddo i ni fel teulu yn ystod ei gyfnod fel garddwr Mrs Rowlands, ond doedd hi ddim yn hawdd.

Un diwrnod, a Nhad allan yn chwilio am waith, roeddwn wrthi'n coginio cawl a fyddai'n para rhai dyddiau inni'n dau. Roeddwn wedi torri dau nionyn cyfan yn fân, ac wedi dechrau eu ffrio yn y sosban fawr. Dyma gnoc ar y drws, a phwy oedd yno pan agorais o ond Elen Esra.

Fe'i hadwaenwn yn iawn; roedd hi wastad yn hynod glên efo fi pan welwn hi, er nad oedd yn ei natur i oedi a mân siarad. Roedd yn dipyn o ysgytwad ei gweld yn sefyll yno ar stepan ein drws gan nad oedd hi'n wraig a arferai alw heibio am sgwrs. Dim ond pan fyddai ar deulu ei hangen y byddai'n dod i dŷ, felly nid oedd wedi bod yn ein cartref er y noson y'm ganed i.

Dyna oedd ei rheswm dros alw.

'Mae'n well i ti dynnu'r sosban yna oddi ar y tân, Mari fach, rhag ofn i ti losgi dy nionod. Mae arna i eisiau deud rhwbath wrthat ti, ac mi all o gymryd dipyn o amsar.'

Ddyweda i mo'r stori i gyd, air am air, ar hyn o bryd. Hanes noson dy eni di ydi'r stori rydw i eisiau ei hadrodd rŵan, ond er mwyn i ti ddeall fy holl deimladau'r noson honno, rhaid iti'n gyntaf wybod rhywbeth am yr hyn a ddywedodd Elen Esra wrthyf y bore hwnnw cyn imi symud i'r dre i weini.

Roedd am fy atgoffa o rywbeth a wyddwn yn barod, sef mai hi oedd efo fy mam pan oedd yn esgor arna i. Hi felly oedd efo Mam pan fu farw. Dywedodd mai wedi dod i ymddiheuro i mi roedd hi, ond nid am farwolaeth fy mam – doedd ganddi ddim rheswm dros ymddiheuro am hynny; mae yna achosion pan na all hyd yn oed y fydwraig orau helpu, ac roedd marwolaeth Mam yn un o'r achosion hynny. Na, nid dod i ymddiheuro am hynny roedd Elen Esra.

Roedd hi am i mi wybod na fu farw Mam yn syth. Dywedodd iddi fy rhoi ym mreichiau fy mam, a'i bod hi, er gwaethaf ei llesgedd, wedi 'nghofleidio a'm dal at ei bron. Dywedodd ei bod wedi fy nal felly am ysbaid – wedi rhoi hynny o fywyd a oedd ynddi i mi, ac wedi edrych arna i â chariad yn ei llygaid. Ac yna, roedd hi wedi marw.

'Mae'n ddrwg calon gen i, Mari fach, am beidio â deud hyn wrthat ti cyn heddiw. Mi ddylswn fod wedi gneud, ond eto mi fydda i'n meddwl weithiau fod 'na ryw bethau na all plentyn eu deall yn hawdd. Ro'n i'n meddwl bod hwn yn un o'r pethau hynny, ond mi wn i rŵan 'mod i'n anghywir. Mi ddylswn fod wedi deud wrthat ti cyn hyn. Mae'n rhywbeth sy wedi bod yn fy nghnoi ers sbel. Pan glywis dy fod yn mynd i'r dre i weini, mi ddois yma'r cyfle cynta ges i i ddeud wrthat ti.'

Bu'r wybodaeth honno'n gryfder i mi adeg geni pob un ohonoch. Er bod cysgod marwolaeth fy mam wedi dod drosta i'r ddau dro cyntaf, gallwn ei dychmygu'n fy nal yn ei breichiau a gwybod y byddwn innau'n gwneud hynny efo'r babi oedd ar fin dod i'r byd. Er nad oedd yr amgylchiadau hanner mor gysurus ar noson dy eni di, pan ddaeth y cysgod hwnnw efo'r poenau mi lwyddais i wthio trwyddynt i ryw gyflwr arall, un â'i wreiddiau yn yr atgof oedd wedi'i hau yn fy meddwl gan stori Elen Esra. Y tro yma, yn hytrach na gwthio yn erbyn tristwch y golled, es *gyda*'r poenau – fel pysgodyn yn nofio gyda llif afon – i'r atgof am gariad Mam. Hithau yn fy nal yn dynn yn ei breichiau, yn edrych arnaf a chariad yn ei llygaid.

Nid absenoldeb i brotestio yn ei erbyn, fel o'r blaen, ond presenoldeb. Presenoldeb byw.

Galwn arni'n ddistaw bach bob hyn a hyn trwy gydol noson dy eni. Erfyniwn arni â geiriau na lefarwn â thafod, ond oddi mewn i mi. Yn fy nghalon. Gofynnwn iddi fy nghynorthwyo, fy nghryfhau, fy helpu i fyw ac i esgor ar blentyn byw. Ie, gweddïo ar Mam fel y byddai Pabydd yn gweddïo ar y Forwyn Fair. Ond nid gofyn iddi eiriol ar Dduw drosof wnawn i. Gweddïwn arni yn ei hawl ei hun. Galwn ar bresenoldeb byw fy mam farw, a gwyddwn yn fy nghaethgyfle y gallai fy helpu.

Mae'n sicr y byddai pob Pabydd (fel pob Methodist, Weslead, Annibynnwr a Batus) yn deud mai paganiaeth ronc yw galw peth felly'n weddi. Daeth i'm meddwl sawl tro yn ystod y blynyddoedd wedi'r noson honno na fyddai Mam ei hun wedi cymeradwyo'r fath beth. Roedd hi'n Gristion o argyhoeddiad ac yn wahanol iawn yn hynny o beth i'w gŵr. Ond priodas hynod ddedwydd oedd priodas Mam a Nhad er gwaetha'r gwahaniaethau rhyngddynt. Dywedai Nhad yn aml fod Mam 'ymysg ffyddloniaid y capel' ac y byddai Mam yn ei ddisgrifio yntau fel 'pagan rhonc', ond ychwanegai Nhad bob tro fod mwy a'u tynnai ynghyd na'r hyn a safai rhyngddynt. Wrth imi fynd yn hŷn doedd hi ddim mor hawdd cysoni'i eglurhad â phopeth a wyddwn am grefydd, ac felly byddwn yn ei gwestiynu weithiau. Dywedai fod crefydd 'yn destun trafod' rhyngddo a Mam, a phan ddywedwn innau nad oeddwn yn deall sut na allai pwnc trafod o'r fath droi'n destun dadl, yr un ateb a gawn ganddo bob tro:

'Y Gorchymyn Mawr, a'r Ail.'

Maes o law, dois i ddeall mai cyfeirio roedd o at yr ateb roddodd Iesu pan ofynnwyd iddo pa orchymyn yw'r mwyaf: 'Câr yr Arglwydd dy Dduw â'th holl galon ac â'th holl enaid ac â'th holl feddwl'. Yn ôl Iesu, felly, y Gorchymyn Cyntaf yw'r un mwyaf – 'Y Gorchymyn Mawr', fel y galwai Nhad ef. Byddai'n pwysleisio wedyn bod Iesu wedi deud bod yr Ail Orchymyn yn debyg i'r cyntaf – a beth oedd y gorchymyn hwnnw ond 'Câr dy gymydog fel ti dy hun'.

Dealla di hyn: pan ddywedai Mam fod Nhad yn bagan, deud roedd hi nad oedd o'n gapelwr. Roedd Nhad yn ddarllenwr mawr, a darllenai'r Beibl cyn amled ag unrhyw lyfr arall, bron. Doedd bod yn bagan ddim yn golygu ei fod o'n ddyn digrefydd. Y ddau orchymyn yma oedd alffa ac omega ei grefydd o, y ffon eithaf a ddefnyddiai wrth fesur sancteiddrwydd. Doedd o ddim yn dilyn llawer o reolau crefyddol fel arall, ond roedd o'n ceisio caru Duw a charu'i gymdogion, ac yn gwbl sicr fod hynny'n ddigon. A deud y gwir, dwi'n siŵr fod fy nhad yn well diwinydd na llawer o'r gweinidogion sy'n bytheirio o bulpudau capeli'r ardaloedd yma. Byddwn yn ei holi sut roedd o'n gallu dilyn y Gorchymyn Mawr os nad oedd o'n gwrando rhyw lawer ar y pethau a ddywedid am Dduw.

'Yn union, Mari! Mi wyt ti wedi taro'r hoelen ar ei phen! Dyna'r cwestiwn: ydi hi'n bosibl caru Duw heb ei nabod? A sut mae nabod Duw?'

Wedi rhoi tamaid swmpus o'i feddwl fel yna i mi gnoi cil arno, byddai ei ddifrifoldeb yn troi'n gellwair:

'Mae'n haws adnabod dy gymydog nag adnabod Duw, mae hynny'n sicr. Ond wedyn, o ran caru dy gymydog . . . wel, mae hynny'n dibynnu ar y cymydog!'

Cymerodd flynyddoedd lawer imi ddeall yn llawn ddehongliad fy nhad o'r Gorchymyn Mawr, yn enwedig gan nad oedd yn credu yn y Duw a ddisgrifir mewn rhannau eraill o'r Beibl, nac yn yr un a ddehonglid gan 'ffyddloniaid yr Achos'. Mi gaf gyfle i esbonio'n llawnach rywbryd eto, ond dywedaf hyn rŵan: roedd craidd y peth yn y cwestiwn, yn yr ymdrech i nabod, yn yr ymchwil am y Bod Mawr. Hanfod ymchwil Nhad i nabod a charu Duw oedd y ffordd y carai'r byd o'i gwmpas, yn enwedig y byd byw, gwyrdd – pob llysieuyn sy'n dwyn had ar wyneb y ddaear, pob coeden a had yn ei ffrwyth. Yn ôl fy nhad, roedd y ffaith fod fy mam yn deall hyn – yn rhannol, o leiaf – yn creu tir cyffredin rhyngddynt. Deallai hi ei grefydd mewn modd na cheisiai'r un capelwr arall ei ddeall, dim ond ei gollfarnu'n ddiseremoni fel bagad o goelion gwrach paganllyd neu rhyw aflan gred. Roedd deall yng nghalon fy mam.

Ni chlywais neb yn deud dim byd drwg yng nghefn fy nhad chwaith, ond rhaid bod rhai o grefyddwyr yr ardal, yn ddistaw bach, wedi trafod ei fywyd 'digrefydd'. Roedd yn ddyn na pharchai'r rheolau crefyddol roedden nhw'n eu coleddu, a byddent yn ei weld ar ei bennau gliniau yng ngardd fach ein tyddyn pan gerdden nhw heibio ar eu ffordd i'r capel bob dydd Sul. Ar adegau eraill, pan fyddai ganddo ryw dasg roedd raid iddo'i gorffen ym Mhlas Uchaf, byddai amryw o'r dyrfa'n mynd heibio iddo ar lôn y pentref yn eu dillad dydd Sul, ac yntau'n cerdded i'r cyfeiriad arall yn ei ddillad gwaith. Pan fyddwn yn ei holi ynghylch hynny, roedd adnod arall ganddo'n ateb parod:

'Y Saboth a wnaethpwyd er mwyn dyn, ac nid dyn er mwyn y Saboth.'

Os pagan oedd Nhad, roedd yn bagan a chanddo storfa sylweddol o adnodau'r Beibl ar flaen ei dafod. Eto mae cymaint o wahaniaeth rhwng pagan a phagan. Mae rhai o baganiaid y cyffiniau yma'n bobol wirioneddol aflan – yn rhegi, yn twyllo, ac yn byw ar gyrion cydmdeithas – yn union fel y mae cymaint o wahaniaeth rhwng Cristion a Christion. Mae 'na rai 'seintiau' sy'n byw'n rhinweddol ac yn barod i faddau bob amser, ac eraill nad oes rhithyn mwy o Gristnogaeth yn eu calonnau na'r paganiaid mwyaf aflan, er eu bod yn gapelwyr selog. Peth amrywiol iawn yw'r natur ddynol, wyddost ti, ac nid y label a rown ar rywun sy'n bwysig ond faint o'r natur ddynol sydd oddi mewn iddo.

Mae a wnelo amgylchiadau bywyd â'r peth hefyd. Maen nhw'n fodd o amlygu amrywiaeth y natur ddynol – hynny ydi, amgylchiadau'r bywyd hwn, y bywyd y ganed ni iddo. Ganed ni i dlodi a chaledi, dyna'r gwir plaen – does dim ffordd mwy gonest o ddisgrifio bywydau teuluoedd yn y cyffiniau hyn. Eto, dydi pawb ddim yn ymateb i'r un amgylchiadau yn yr un modd. Mae ymdrechu o hyd i gael dau ben llinyn ynghyd yn hau chwerwder yng nghalonnau rhai pobl. Nid pawb, nid bob tro, nid bob amser, ond yn aml iawn. Os ydi hi'n wir deud na ddaw drwg ar ei ben ei hun ond â dau arall yn ei sgil, yna mi fuaswn i'n deud mai chwerwder ydi'r trydydd drwg sy'n dilyn yn ôl traed tlodi a chaledi. O leiaf, yn achos llawer o bobl – yn dibynnu ar eu natur.

Mae eraill a aned i'r un tlodi a chaledi'n gallu byw dan yr un amodau yn union gan gadw'u hurddas a'u hysbryd a'u haelioni. Does dim haelioni mwy na haelioni'r tlawd, medden nhw, ac yn ystod fy mlynyddoedd ar y ddaear rydw innau wedi gweld digonedd o bobl sy'n dangos gwirionedd yr hen air hwnnw, tra bo eraill yn troi'n chwerw, yn gwynfanllyd – yn filain, hyd yn oed – ac yn cenfigennu at bob gronyn o lwc a llwyddiant a ddaw i'w cymdogion. Mae'n anodd egluro'r peth, dim ond dod i'r casgliad mai rhywbeth amrywiol iawn yw'r natur ddynol. Mae yna'r fath wahaniaeth rhwng dyn a dyn, rhwng gwraig a gwraig.

Gwyddwn â balchder plentyn nad oedd neb yn debyg i Nhad, ac ni phylodd y farn honno gydag amser. A deud y gwir, po fwyaf y dysgwn am y byd a'i bethau, a pho fwyaf y dysgwn am y natur ddynol, mwya'n y byd yr edmygwn fy nhad, ac ni pheidiodd ymchwydd graddol yr edmygedd hwnnw ar ôl iddo farw.

Fe'i collais yn fuan iawn ar ôl i mi gael fy mhen-blwydd yn ddwy ar bymtheg oed. Roedd tipyn o ddealltwriaeth oedolyn wedi disodli breuddwydion plentyn erbyn hynny, ond eto doeddwn i ddim wedi dysgu rhai o wersi chwerwaf a chaletaf bywyd. Yn sgil y profiadau ddaeth i'm rhan wedi imi ddod i oedran gwraig, dysgais ffyrdd eraill o edmygu a charu'r tad a gollaswn. Mae'n rhywbeth sy'n digwydd yn aml. Mae'n wir bod min hiraeth yn torri'r lluniau gorau o frethyn atgof, eto gwn yn fy nghalon fod Nhad yn ddyn pur arbennig.

Tybiaf fod fy mam felly hefyd, ac mae'r modd y deallai hi grefydd ddigrefydd fy nhad yn rhan o sail y gred honno.

Felly gweddïo'n ddistaw ar fy mam fy hun a wnes i ar noson dy enedigaeth, hyd yn oed ar ôl i Elen Esra gyrraedd gyda sicrwydd ei phrofiad a chysur ei llygaid yn disodli'r unigrwydd oedd yn fy llethu, a'th dad yn gwrthod derbyn mai poenau esgor oedden nhw. Ac os nad oedd y gwragedd fuasai'n cynorthwyo adeg geni Sara ac Elin yno â'u cwmnïaeth fenywaidd wasanaethgar, roedd hi, Elen Esra, yno – a Sara ac Elin am y pared â mi. Er nad oedden nhw ond pump a thair oed, byddai'r ddwy wedi rhuthro ata i i roi hynny o gymorth y gallen nhw'i gynnig imi petawn i wedi gorfod galw arnyn nhw.

Ond, yn fy nghalon, gweddïo roeddwn i ar bresenoldeb byw fy mam farw, a rhoddai'r weddi dawel honno nerth i mi.

Er dy fod ar fin dod i'r byd yn rhy gynnar o lawer, gwyddwn i sicrwydd dy fod yn fyw. Teimlwn di'n symud yn fy nghroth gydol yr amser. Un aflonydd oeddet ti, yn fwy felly na'th chwiorydd, os rhywbeth. Mae'n rhaid mai'r ffaith dy fod yn un bach aflonydd oedd dy reswm dros ddod yn gynnar – roeddet ti'n rhy aflonydd i aros yn y tywyllwch dirgel, yn torri dy fol eisiau torri trwy fy mol innau a gweld y byd. Yn gryf, ac yn barod amdano.

Dechreuodd y poenau ddwysáu. Aeth yr ysbeidiau lled esmwyth rhwng y pyliau o boen yn fyrrach. Yn y diwedd ymchwyddodd rhan isaf fy nghorff yn gresendo o boen, a hwnnw'n symud i'r un cyfeiriad ag y symudet ti iddo.

Allan.

Anogai Elen Esra fi gydol yr amser:
'Dyna ni, Mari fach,
     mi wyddost be sy 'i angen . . .
          Ac eto, 'mechan i . . .
               Dyna ni, fy Mari fach i.'
Doedd hi ddim yn symud o gwmpas erbyn hyn, ond yn plygu dros droed y gwely, ei dwylo rhwng fy nghoesau. Cyn hynny roedd hi wedi fy symud yn nes at y pen hwnnw i'r gwely, a gyrru dy dad allan o'r ystafell tua'r un pryd. Roedd fy mhoenau'n gwaethygu ac effaith y potes wedi pylu'n ddim, bron, felly doeddwn i bellach ddim

43

mor ymwybodol o'r hyn a ddigwyddai o'm cwmpas. Ond rhaid bod dy dad wedi dechrau mynd yn hy unwaith eto, a dadl wedi torri allan rhyngddynt.

Y cyfan a gofiaf ydi clywed Elen Esra'n cyfarth arno:

'Ewch i lawr y grisia 'ta, Tomos Jones, os nad ydach chi'n gallu gneud mwy na chega. Byddai pâr arall o ddwylo'n help garw ond os na allwch chi neud dim byd ond drysu 'mhen i, yna mae'n well ichi fynd o 'ma a gadael i mi neud 'y ngwaith.'

Dwi ddim yn cofio clywed dy dad yn gadael y llofft ond mi aeth. Ymgollais innau yn y crescendo olaf hwnnw o boen.

'Dyna ni, 'mechan i;
      Mi fyddwn ni'n iawn toc . . .'

A daethost ti i'r byd.

* * *

Roeddwn i'n disgwyl i'r munudau nesaf fod yn debyg i funudau cyntaf dy chwiorydd ar y ddaear. Yr un crio calonogol, yr un llais bychan ond cryf yn datgan i'r byd fod plentyn yn bod. Elen Esra'n ebychu'n fodlon, 'Dyna ni, 'mechan i, dwi 'rioed 'di gweld baban iachach yn fy mywyd, wir i ti', yna'n rhoi'r babi'n syth ar fy mron ar ôl ei archwilio, ei olchi, a'i lapio'n gyflym – gan ddal i ebychu'n fodlon, ei llais yn clwcian yn hapus: 'Dyna ni, 'mechan i, dyna ni.' Wedyn, lleisiau Beti a Lisa'n ymuno â'r clwcian mewn côr o suo llawen, yn cadarnhau ac yn amenio popeth a ddywedai'r fydwraig.

Ond, a hithau yno ar ei phen ei hun adeg dy eni di, ddywedodd hi mo'r union eiriau roeddwn wedi'u disgwyl. Ar ôl i mi deimlo gollyngdod y gwthiad olaf, a 'nghorff yn dy ildio i'w dwylo hi, daeth ei llais i'm cysuro:

'Dyna ni, 'mechan i. Mae gynnon ni hogyn bach yma.'

Nid hwn oedd y llais a gofiwn . . .

'Hogyn bach sy 'ma, Mari fach.'

A dyma dy glywed di wedyn, am y tro cyntaf. Doedd dy grio di ddim yr un fath â chrio dy chwiorydd. Roedd o'n ddistawach ac yn fwy croch. Ond crio ydoedd yr un fath.

'Dyna fo, y peth bach. Mae o'n cael hyd i'w lais rŵan, tydi?' Roedd hi'n siarad efo chdi gymaint ag efo finna, a hynny wrth iddi dy olchi a'th lapio mewn planced. 'Dyna ni, y peth bach, dyna ni.'

Ceisiais godi fy mhen i gael dy weld, ond fedrwn i ddim. Ceisiais siarad, ceisiais ofyn iddi hi, ond y cyfan a ddaeth o 'ngheg oedd ychydig o synau digyswllt. Yna llais Elen Esra eto:

'Dyna ni, y peth bach. Gei di'i weld o yn y man, Mari fach.' Wedyn roedd hi'n dy ddal yn sypyn bychan yn ei breichiau, yn f'ymyl, yn barod i'th ildio i mi. 'Dyna ni, 'mheth bach i. Gei di weld dy fam rŵan.'

Siaradodd efo fi wedyn, a bu'n rhaid i mi symud fy llygaid am ennyd oddi ar y sypyn yn ei breichiau i'w llygaid hi, a rhyw olwg ynddyn nhw na welswn o'r blaen yn treiddio hyd at fêr fy esgyrn, yn fy neffro'n fwy na'r un ffisig, yn peri i mi ddod o hyd i ddigon o nerth i godi mymryn ar fy eistedd, a phwyso'n ôl yn erbyn y gobennydd.

'Cyn iti ei weld o, Mari, mae un peth mae arna i isio'i ddeud wrthat ti. Mae o'n fychan bach, cofia. Ond mi wyddost ti hynny, a fynta wedi dod mor gynnar. Ond mae 'na rwbath arall hefyd, Mari . . . dwi wedi cael cip bach arno fo, ac mae 'na ryw chydig o nam – ei gefn o . . . ac o bosib ei goesa. Paid â dychryn, Mari fach.'

A chyda hynny roedd hi'n plygu i lawr ac yn dy estyn i mi, finnau'n fy nhynnu fy hun i fyny'n fwy ar f'eistedd, y llesgedd yn cilio wrth i eiriau Elen Esra a'r olwg yna yn ei llygaid yrru'r gwaed i ruthro'n gyflymach drwy fy ngwythiennau.

'Ond mae o'n edrach yn hogyn reit iach 'run fath, Mari. O 'styried popeth.'

Gosododd di yn fy mreichiau, gan gadw'i dwylo hithau'n hofran gerllaw, fel petai'n barod i gipio'r sypyn gwerthfawr a'i gymryd yn ôl ar amrantiad. Teimlais dy bwysau cyn i'm llygaid glirio digon i allu gweld dy wyneb yn iawn. Roeddet yn ysgafnach o lawer na'r hyn a gofiwn am dy chwiorydd, ond ro'n i'n synnu pa mor drwm oeddet ti, ac roedd 'na gysur yn hynny. Roeddet ti'n faban yr un fath, yn sypyn o gnawd byw. Gallwn weld y cyfan yng nghwmpawd bychan dy wyneb, a hynny er gwaetha'r dagrau a golau egwan y llofft. Nid croen coch crychlyd ac iddo wawr o lesni, nid wyneb a anffurfiwyd dros dro gan y gwthio a'r tynnu – ond y ti.

Roeddet ti'n swnian yn ddi-baid, dipyn yn ddistawach na'r crio croch cyntaf. Rhyw fwmblian gwichlyd, distaw, a'th ben bychan yn rholio ychydig o'r naill ochr i'r llall tu mewn i blygiadau'r blanced.

'Rho fo ar dy fron, Mari. Dyna sy angen arno fo rŵan. Ceg fechan fach sy ganddo fo, ond mae o'n ei defnyddio hi'n iawn yn ôl pob golwg, y peth bach.'

Plygodd i'm helpu, gan ddinoethi 'mron a'th osod di arni. Bu'n rhaid inni lacio'r blanced oedd wedi'i phlygu o'th amgylch, ac felly daeth dy ben a rhan uchaf dy gorff i'r golwg yn gyfan gwbl. Roedd fy llaw chwith o dan dy ben-ôl a'th goesau, a defnydd meddal y blanced yno o

46

hyd rhwng dy groen di a'm croen innau, ac aeth fy llaw dde o dan ran uchaf dy gefn wrth i mi dynnu dy ben at y fron, a gallwn deimlo dy groen noeth, cynnes yn gwasgu'n ysgafn yn erbyn fy nghroen innau. Roedd Elen Esra yn plygu trosom, yn suo a hymian yn ddistaw ac yn helpu i osod dy geg ar fy mron.

'Dyna ni, dyna ni. Mae'n bosibl y bydd angen chydig o gymorth arno er mwyn cydio'n iawn.'

Plygodd yn is eto, gan symud un llaw yn nes ac estyn dau fys i gyffwrdd â'th ên. Ond erbyn i flaenau'i bysedd dy gyrraedd, roedd dy geg di eisoes wedi gwneud yr hyn roedd Elen Esra am ei chynorthwyo i'w wneud. 'Wel, ardderchog wir! Da iawn chdi, yr hogyn! Dyna ni, Mari – 'toes 'na ddim arwydd sicrach o gryfder. Mae nerth yn yr hogyn bach 'ma.'

Ond wrth i mi brofi'r cysur arbennig hwnnw – y cysur a deimla mam pan sugna'i babi ar ei bron – roeddwn hefyd yn profi'r gwrthwyneb i gysur. Ag un llaw yn dal dy gefn noeth, symudwn flaen fy mys i anwesu ac archwilio. Felly, er bod rhan ohona i'n ymgolli yng nghysur dy sugno, roedd rhan arall yn ymateb i'r hyn a deimlwn â 'mysedd – rhywbeth na allaf ei ddisgrifio ond fel tro yn asgwrn dy gefn wrth yr ysgwydd – neu, hwyrach, asgwrn yr ysgwydd chwith yn cau'n rhy dynn am yr asgwrn cefn. Gwasgais dy goesau'n ofalus drwy'r blanced â'r llaw arall, ac roeddwn yn sicr fy mod yn gallu synhwyro bod dy goes chwith yn troi tuag i mewn y mymryn lleiaf.

'Dyna ni, Mari fach, dyna ni. Mae o'n sugno'n dda, a dyna'r peth pwysica ar hyn o bryd. Ac mae'i liw o'n dda iawn; lliw reit iach arno fo, wir i chdi. Dwi rioed wedi gweld lliw iachach ar faban yn 'y mywyd! Oes, mae nerth yn yr hogyn bach 'ma, ar fy llw.'

Cefais nerth i siarad, er na chodais fy llygaid oddi arnat.

'Mae o'n gefngrwm, 'yn tydi? Ac mor, mor fach . . .'

'Ydi, Mari – ydi, mae o. 'Ngwas i. Ond mae o'n ddigon cry, o 'styried popeth.'

'Mi fydd o'n gloff, 'yn bydd, Elen Esra?'

'Paid â phoeni am betha felly rŵan, Mari fach. Cael cefn y noson yma ydi'r peth pwysica ar hyn o bryd. Gweld y bora, dyna'r cwbl sy isio meddwl amdano fo rŵan. Mae o'n sugno'n dda, mae'i liw o'n dda, ac mae hynny'n argoeli'n dda. Yn dda iawn, Mari fach. Cadw di dy feddwl ar y petha yna. Mi gadwn ni fo'n gynnes a gneud yn siŵr ei fod o'n byta llond ei fol, ac mi welwch chi'ch dau y bora, mi wranta i.'

* * *

Yn y cyfamser roedd dy dad wedi dod 'nôl i'r llofft. Sylwais i ddim arno'n dod i mewn; sylwais i ddim arno o gwbl, a deud y gwir, tan iddo gamu 'mlaen a dechrau siarad. Yn rhyfedd iawn, does gen i ddim cof clywed sŵn ei draed ar y grisiau nac ar lawr y llofft. Ond roedd o yno, yn sefyll yn ymyl Elen Esra, ei wyneb yn wyn fel y galchen a'i geg yn gweithio fel pe bai'n cnoi dalan poethion. Yn troi rhywbeth atgas a phoenus drosodd a throsodd â'i dafod, yn methu penderfynu beth ddylai ei wneud ag o – ei lyncu ynteu ei boeri allan.

Roeddwn wedi dechrau hiraethu am fy Nhad ychydig wedi i ti ddod i'r byd. Os mai gweddïo ar ysbryd fy mam wnes i yn ystod yr enedigaeth, hiraethu'n ofnadwy am fy nhad wnes i wedyn. Mae'n beth naturiol, mae'n rhaid – yr awydd i rannu llawenydd genedigaeth efo rhieni, a'r hiraeth a ddaw i'n llethu os nad ydi'r rhieni hynny ar dir y byw. Ond roedd hyn yn fwy na hiraeth: roedd arna i *angen* fy nhad, ac roedd yr angen yn ddwysach o lawer na'r hyn a brofais ar ôl geni dy chwiorydd.

Pan welais dy dad yn sefyll yno, â'i lygaid gwyllt a'i geg yn gweithio'n ddireswm, gwyddwn cyn iddo siarad beth ddeuai o'i enau pan ddôi o hyd i'r geiriau. Wrth i ofn y geiriau y gwyddwn eu bod yn cronni ynddo gryfhau ynof, dyhewn am fy nhad. Yn cipio'r gwpan o'm llaw ac yn lluchio'r cawl gwenwynig i ffwrdd, yn egluro na fedrwn fwyta gwreiddyn pob blodyn hardd. Yn egluro imi wir ystyr y Gorchymyn Mawr a'r Ail, yn taenu llen warchodol drosof a honno'n gymysg o ddireidi, cariad a doethineb. Yn dangos yn ei weithredoedd y gwahaniaeth rhwng Cristion a Christion, pagan a phagan, dyn a dyn. Dyhewn am y modd yr eglurai reolau bywyd fel y gwelai o nhw – nid moesoldeb patriarch ond moesoldeb garddwr.

Ac yntau'n gweithio yn yr ardd, ac yn dyfynnu adnodau a brofai mai gwaith sanctaidd ydoedd:

Y Saboth a wnaethpwyd er mwyn dyn, ac nid dyn er mwyn y Saboth.

Yr wyf yn rhoi i chwi bob llysieuyn sy'n dwyn had ar wyneb yr holl ddaear, a phob pren y mae had yn ei ffrwyth, yn fwyd i chwi.

Byddai'n deud wrtha i nad oedd raid credu stori er mwyn derbyn bod yna wirionedd ynddi, ac yn adrodd y stori honno sy'n dangos yn eglur fod y ddaear yn ddiffrwyth cyn i Dduw greu dyn i drin y tir. Nid oedd yr un o blanhigion y maes yn tyfu na'r un o lysiau'r maes yn blaguro cyn iddo Fo beri i law ddisgyn ar y ddaear a'i ffrwythloni. Tua'r un pryd, yn ôl y stori, y cymerodd Duw ddogn o'r un llwch, o bridd y ddaear, a llunio dyn ohono, cyn anadlu anadl einioes yn ei ffroenau a'i godi'n greadur byw.

'Dyna ti, Mari,' meddai Nhad, 'os wyt ti am dderbyn y fath stori, yna mae'n rhaid iti gasglu bod Duw wedi creu dyn i drin y tir fel roedd O wedi creu'r planhigion a'r llysiau i gael eu trin gan ddyn. Y cyfan o'r un llwch. Beth ydi garddio, felly, ond gwaith sanctaidd – ffordd o barchu un o ddymuniadau cyntaf y Crëwr?'

* * *

Daeth dy dad o hyd i'w dafod yn y diwedd. Geiriau digyswllt oedd y cwbl a lefarodd ar y dechrau, ond roedd yn ddigon hawdd deall eu hystyr nhw a'i feddwl yntau. Deud drosodd a throsodd dy fod ti'n 'fychan', ac ychwanegu weithiau dy fod ti'n 'rhy fychan'. Rhai o'r geiriau digyswllt yma wedi'u hanelu at Elen Esra a rhai ata innau. Cwestiynau oeddan nhw, yn cyfeirio at yr hyn roedd o wedi'i glywed gan Elen Esra'n gynharach. Fedra i ddim ailadrodd ei barabl dryslyd air am air neu sŵn am sŵn, ond mi gofia i'r geiriau roedd o'n eu hailadrodd:

Cefn crwm.
Cefn cam.
Cloff.
Methedig.
Nam.

Roedd peth gwylltineb yn ei lais. Mwy na hynny ar adegau. Ceisiodd Elen Esra ei dawelu, gan siarad yn addfwyn fel nad oedd hi wedi siarad efo fo rioed o'r blaen:

'Dyna ni, Tomos bach. Mae'n wir fod 'na fymryn o dro yn ei gefn ac, o bosibl, yn ei goes hefyd, ac mae o braidd yn fychan, fel y gwelwch, ond mae o'n hogyn bach digon iach fel arall. Mae o'n sugno'n dda ac mae 'na liw iach ar ei groen. Yn fwy felly na rhai babanod mawr dwi wedi'u gweld yn f'amser, wir i chi, Tomos bach.'

Mae'n bosib ei bod wedi cydio yn ei fraich, wedi ceisio'i dywys i'r ochr. Allwn i ddim edrych ar y ddau. Fynnwn i ddim edrych arnyn nhw. Cadwn fy llygaid arnat ti. Gwasgwn di at fy mron, gan geisio ymgolli yng nghysur dy sugno a chau popeth arall allan o'n byd bach ni.

Troes yn ddadl boeth rhwng y ddau. Ceisiais eu hanwybyddu ac ymgolli ynot ti, ond doedd dim modd eu cau allan, mor daer a ffyrnig oedd eu dadlau bellach.

'Dowch a gafael ynddo fo, Tomos Jones, ac mi welwch chi . . . Dowch a theimlo'i gynhesrwydd. Mi welwch fod 'na gryfder yn ei gorff er ei fod o'n fach. Mi welwch fod 'na nerth ynddo fo.'

'Na, wna i ddim.'

'Dowch, Tomos, mi welwch . . .'

'I be gwnawn i beth felly? Dach chi wedi deud . . .'

Ceisiais innau weddïo – nid ar ysbryd fy mam y tro hwn ond ar Dduw. Mi fydda i'n gweddïo weithiau, yn fy ffordd fy hun, yn siarad â'r Duw nad ydw i'n llwyr gredu ynddo, ac yn gobeithio y bydd f'ymdrechion yn dal sylw pa rymoedd bynnag sy'n llwio'n bywydau. Gweddi felly a offrymais i'r noson honno, er 'mod i'n poeni wedyn na fyddai hynny'n helpu mwy na galw ar ysbryd fy mam farw. Ceisiais weddïo mewn ffordd wahanol, mewn dull y tybiwn ei fod yn fwy uniongred. Ceisiais seilio fy ngweddi ar eiriau'r Beibl, fel y cofiwn i nhw. Dywedais wrthyf fy hun y dylwn gofio bod Iesu'n gallu iacháu – onid oedd Iesu wedi iacháu'r deillion, wedi glanhau'r gwahanglwyf, wedi bwrw allan gythreuliaid o gyrff y rhai roedden nhw'n aflonyddu arnyn nhw? Onid oedd O hyd yn oed wedi codi'r meirw'n fyw?

Dywedais wrth Dduw mai peth bach iawn roeddwn i'n gofyn amdano o'i gymharu â'r gwyrthiau hynny. Ceisiais gofio adnodau cyfan i seilio fy ngweddïau arnyn nhw, er mwyn rhoi grym sicrwydd y geiriau cyfrin i'r ymbil. Ceisiais gofio stori gyfan, air am air. Un stori'n unig a ddaeth i'm meddwl, a honno am y wraig ac arni waedlif ers deuddeng mlynedd yn dod at Iesu o'r tu ôl iddo, ac yn cyffwrdd ag ymyl ei fantell:

> Canys hi a ddywedasai ynddi ei hun, 'Os caf yn unig gyffwrdd â'i wisg ef, iach fyddaf.' Yna yr Iesu a drodd, a phan ei gwelodd, efe a ddywedodd, 'Ha ferch, bydd gysurus, dy ffydd a'th iachaodd.' A'r wraig a iachawyd o'r awr honno.

Ceisiais ddychmygu clywed Iesu'n llefaru'r geiriau yna wrtha innau:

'Bydd gysurus.' Cod dy galon, fy merch.

Mynnwn ei glywed yn deud wedyn fod fy ffydd wedi dy iacháu di. Erfyniwn arno yn fy nghalon, gan ofyn iddo ddeall fod gen i ffydd. Dywedwn wrthyf f'hun ei fod yn deall fod gen i ffydd gan 'mod i'n dilyn y Gorchymyn Mawr – ie, hwnnw, a'r Ail – â'm holl galon ac a'm holl enaid ac a'm holl feddwl. Deisyfwn glywed y geiriau. Gweddïwn gan ofyn i'r geiriau hynny ddod i'm clustiau ac i'm calon:

'Cod dy galon, fy merch, y mae *wedi*'i iacháu.' Ond y cyfan a glywn i oedd dy dad ac Elen Esra. Roedd hi'n ymbil arno:

'Dowch a gafael ynddo fo, Tomos bach. *Mi* welwch chi, dowch.'

'Na, wna i ddim.'

'Dowch, Tomos Jones.'

'Na, Elen Esra! I be gwnawn i'r fath beth? Mae o'n rhy fach, yn rhy fach o lawer.'

Roedd dy dad wedi defnyddio'i henw am y tro cyntaf, a gwyddwn yn fy nghalon fod hynny'n golygu ei fod wedi penderfynu ei threchu. Deisyfwn innau ddeud rhywbeth, ymuno yn y ddadl, ond doedd gen i mo'r nerth. Y cyfan y gallwn i ei wneud oedd sicrhau dy fod di'n sugno, a cheisio gweddïo – yn dawel, heb yngan gair. Ceisio gwahodd geiriau'r Iesu, eu clywed yn atseinio yn fy nghlustiau.

Cod dy galon, fy merch.

Nid y geiriau yna ddaeth i'm clustiau a'm calon, ond geiriau eraill. Lleisiau diarth yn canu geiriau na fynnwn eu clywed:

> Gwan a llesg a llwyr fethedig
> Ydym ni heb Grist ein meddyg.

> Anghofiwyd fi, fel un marw wedi mynd dros gof;
> Yr ydwyf fel llestr methedig.

Ceisiais gau fy nghlustiau i'r lleisiau, fel y ceisiais gau allan lais dy dad a'i eiriau atgas.

Gwan.
　　　Nam.
　　　　　　Llwyr fethedig.

Ofer Crist ac ofer meddyg.

Pa beth a ddywedwn am dy dad?

Bid a fo am noson dy eni, beth bynnag fu hanes y misoedd a'r blynyddoedd cyn y noson honno ac wedi hynny, pa faint bynnag y siom a'r torcalon, gwn y byddi am glywed fy mod i'n ei garu ar un adeg. Mae pob plentyn eisiau gwybod hynny am ei rieni, eisiau clywed ei fod yn blentyn a aned i gariad.

Felly mi ddyweda i 'mod i'n ei garu o, flynyddoedd lawer yn ôl, pan addewais ei briodi. Dyna ni, mi ddyweda i hynny.

Ond er mwyn cadw peth o'm gonestrwydd, mi gana i hyn o bennill iti'n hwiangerdd ac yn eglurhad:

> Medi gwenith yn ei egin
> Yw priodi llanc o hogyn,
> 'Rôl ei hau, ei gau, a'i gadw,
> Dichon droi'n gynhaeaf garw.

Alla i ddim gwadu nad oedd bai arna innau yn rhuthro i'w briodi. Pe bawn i yn fy iawn bwyll ar y pryd, mi fyddwn wedi gweld y byddai'r cnwd yr oeddwn yn ei fedi'n debygol o droi'n gynhaeaf garw yn hwyr neu'n hwyrach. Ac eto, a ydi bod yn unig, yn ifanc ac ar wallgofi gan drymder tristwch yn fai? Fe'm harweiniwyd at ffolineb gan yr amgylchiadau, a minnau'n rhy ifanc i ddygymod â'r amgylchiadau hynny.

Na, doedd dy dad ddim ar fai am ofyn i mi ei briodi. Y fi oedd ar fai am ruthro i'w briodi – a hynny am fy mod i am briodi, yn hytrach na 'mod i am ei briodi o.

Pan gydsyniais, derbyn y weithred roeddwn i, nid derbyn y dyn, ond roeddwn i'n rhy ifanc i weld hynny ar y pryd.

Hwyrach y dylwn ganu pennill arall iti:

> Es i'r ardd i dorri pwysi,
> pasio'r lafant yn ei fri,
> cerdded heibio'r rhosys cochion,
> a dalan poethion dorrais i.

Mi ruthrais – ac o ruthro, es i dorri'r pwysi anghywir.

Dywedais nad oeddwn yn fy iawn bwyll, ac mae hynny'n wir. Roedd fy nhad wedi marw ers rhai misoedd a theimlwn yn gynyddol unig yn y dre. Hiraeth am fy nghynefin, awydd i ailafael yn y bywyd a fu gennyf; ysfa i lenwi'r bwlch yn sgil marwolaeth fy nhad – yr unig wir deulu oedd gen i – a'r ysfa honno'n troi'n awydd i greu teulu newydd allai lenwi'r bwlch.

Yn ddeunaw oed, ac yn methu dygymod â'r galar a'r unigedd.

* * *

Diffyg teulu – dyna rywbeth arall a'n gwnâi'n wahanol i bawb, bron, yn y cyffiniau. Roedd gan y rhan fwyaf o'r plant a adwaenwn frodyr a chwiorydd, cefndryd a chyfnitherod, ewythrod a modrybedd, taid neu ddau a nain neu ddwy. Perthnasau rif y gwlith. Symudai pob plentyn arall trwy fywyd fel pysgodyn yn nofio mewn môr o deulu.

Nid felly fi. Unig blentyn oedd fy nhad ac unig blentyn oedd fy mam hefyd, peth pur anghyffredin yn y cyfnod. Tybed oedd y ffaith honno ymysg y pethau a'u tynnodd nhw ynghyd? Ches i ddim cyfle i holi Nhad yn ei chylch. Mae'n sicr na ruthrodd yr un o'r ddau i dorri'r pwysi anghywir, â'u priodas mor ddedwydd, fel y dywedai Nhad yn aml. Ond er bod ganddyn nhw bob rheswm i gredu eu bod wedi dechrau creu teulu mawr newydd, yr hyn a wnaethant trwy ddod ynghyd oedd creu lluosogrwydd o unigrwydd. Gadawodd marwolaeth fy mam finnau'n unig blentyn; unig mewn sawl ffordd, er na fyddwn yn sylwi ar hynny tan ar ôl i Nhad farw, cymaint roedd o wedi llenwi'r bwlch gydol fy mhlentyndod. Y bwlch na sylwais ei fod yno tan ar ôl iddo fo fynd.

Wedi symud o'r de roedd rhieni fy mam. Clywid yn amlach am ddynion o'r ardal hon yn symud i'r de i chwilio am waith yn y pyllau glo, ond yn yr oes honno roedd y symud yn digwydd fel arall hefyd ar adegau. Felly, daeth tad fy mam (a'i wraig ifanc efo fo) i chwilio am waith yn y chwarel, a chyda threigl amser collodd y ddau gysylltiad â gweddill eu teuluoedd.

Roedd gan Nhad deulu yn yr Amerig – ewythr, modryb a chefndryd. Roedd wedi colli'i dad yntau mewn damwain chwarel, a hynny pan oedd Nhad yn ddim ond pymtheg oed. Ddwy flynedd yn ddiweddarach, bu farw'i fam o'r diciâu. Pan gyrhaeddodd y newydd hwnnw'r Amerig, ysgrifennodd yr ewythr ato a gofyn i Nhad fynd draw atyn nhw i fyw. Aeth o ddim, wrth gwrs, ac er iddyn nhw ddal ati i ohebu â'i gilydd yn achlysurol, torrwyd y cysylltiad hwnnw hefyd gydag amser.

O'm rhan i, Modryb Sarah oedd yr unig deulu oedd

gennym. Chwaer i fam fy nhad oedd hi. Dynes anarferol o fyr ac anarferol o grwn, a chanddi lais dwfn, cras – yn debyg i lais dyn. Ond roedd Modryb Sarah hefyd yn anarferol o garedig, a bu ganddi ran yn fy magu i yn ystod y blynyddoedd cynnar hynny. Daeth atom i fyw; cysgai efo fi yn y llofft. Cysgai Nhad yn y gegin, ond cofiaf y byddai Modryb Sarah yn codi'n gynnar er mwyn mynd i lawr i'r gegin a gwneud bwyd iddo cyn iddo'i throi hi am y chwarel.

Cofiaf hi'n dangos i mi sut mae dal cyllell a thorri nionod. Dangosodd imi gyfrinachau eraill y gegin, fel y ffordd orau o blicio tatws. Cofiaf ei gwylio'n gwneud pethau mwy cymhleth, hefyd, fel paratoi toes a phobi bara, ond roeddwn yn rhy ifanc ar y pryd i gofio'r pethau hyn yn iawn.

Canai i mi, y llais dwfn, cras oedd ganddi wrth siarad yn codi'n llais canu syfrdanol o felfedaidd. Emynau fyddai hi'n eu canu, ac un pennill yn arbennig, drosodd a throsodd:

> Awr o'th bur gymdeithas felys,
> awr o weld dy wyneb pryd
> sy'n rhagori fil o weithiau
> ar bleserau gwag y byd.

Credaf weithiau fy mod yn ei chofio'n canu geiriau eraill ar yr un alaw – fel y pennill y byddaf innau yn ei ganu'n aml:

> Es i'r ardd i dorri pwysi,
> heibio'r lafant yn ei fri,
> cerdded heibio'r rhosys cochion,
> a dalan poethion dorrais i.

Eithr mae cof plentyn bach wedi'i gymysgu â dychymyg oedolyn, ac mae'n anodd iawn gwybod a glywais hi'n canu'r geiriau hynny erioed ynteu fy meddwl i sydd wedi'u sodro ar alaw ei hoff emyn. Ond yn wir i ti, medraf ei gweld yn llygad fy nghof hyd heddiw yn symud ei chorff bach crwn o gwmpas y bwrdd, yn tylino toes, ac yn canu'r geiriau hynny.

Weithiau mae'r geiriau'n gymysg i gyd:

> Awr o'th bur gymdeithas felys,
> awr o weld dy wyneb di,
> ond cerddais heibio'r rhosys cochion
> a dalan poethion dorrais i.

Bu farw Modryb Sarah yn weddol fuan ar ôl i mi ddechrau yn yr ysgol. Fel pe bai wedi dal ei gafael ar fywyd yn ddigon hir er mwyn gwneud drosom – fy nhad a finnau – yr hyn roedd arnom ei angen tra oeddwn i'n fach. Llenwi'r bwlch ar adeg pan nad oedd gennym neb arall i'w lenwi. Mae'n debyg y caem gymorth gan gymdogion a ffrindiau fy nhad, ond fyddai hynny ddim 'run peth â chymorth teulu.

Dyma'r tro cyntaf i mi fynd i gynhebrwng, ac felly dwi'n cofio tipyn amdano er 'mod i'n ifanc iawn ar y pryd. Rhyfeddwn nad oedd yr arch yn anoddach i'r dynion ei chludo, mor drwm fyddai sŵn traed Modryb Sarah ar y grisiau pan ddôi ataf i gysgu'r nos a phan âi i lawr i'r gegin yn y bore i helpu Nhad i baratoi ar gyfer ei ddiwrnod gwaith. Cofiais y teimlad hwnnw pan dynnai fi ati, ei breichiau mawr yn fy ngwasgu at solatrwydd ei chorff. Nid ofn mygu fyddwn i ond llawenhau wrth gael ymgolli mewn cynhesrwydd a chysur. Rhyfeddais ei bod yn bosibl cludo'r solatrwydd cynnes hwnnw mewn bocs pren a'i gladdu mewn twll yn y ddaear.

Canwyd yno'i hoff emyn, a finnau'n ceisio dychmygu'i llais yn codi'n felfedaidd:

'Awr o'th bur gymdeithas felys . . .'

Credaf fod rhyw flwyddyn a hanner rhwng claddu Modryb Sarah a dyfodiad Mrs Rowlands. Yn y cyfamser caem hynny o gymorth ag roedd ei angen arnom gan bobl eraill. Byddai rhai o blant ffrindiau fy nhad, plant oedd ychydig yn hŷn na fi, yn fy nanfon adref o'r ysgol. Gwraig garedig o'r pentref fyddai'n dod i edrych ar fy ôl yn ystod yr oriau rhwng hynny a'r adeg y deuai Nhad adref o'r chwarel.

Yna daeth Mrs Rowlands i fyw ym Mhlas Uchaf a Nhad yn mynd yn arddwr iddi. Deallai Mrs Rowlands lawer iawn am blanhigion, ond allai hi ddim gwneud y gwaith corfforol – y tyllu, y plygu a'r plannu. Mae'n debyg fod pawb yn meddwl ei fod yn beth naturiol i ddynes o'i bath gyflogi pobl i weithio yn y plas, ond gwawriodd arna i ymhen blynyddoedd wedyn mai Nhad oedd yr unig un a gyflogid ganddi. Doedd yno na morwyn na gwas na chogydd na bwtler, dim ond garddwr. Doedd hi ddim am i rywun-rhywun lenwi'r swydd honno: chwiliodd am rywun a ddeallai'r byd gwyrdd yn yr un modd â hi ei hun. Ymholodd, aeth y gair ar led, a daeth o hyd i Nhad.

Fyddai rhywun sydd wedi teithio a gweld tipyn ar y byd ddim yn galw Plas Uchaf yn blasty. Tŷ mawr oedd o – tŷ mawr efo gerddi mwy. A deud y gwir, doedd o ddim mor fawr o ran nifer ei ystafelloedd â rhai o dai mawr y dre, fel y byddwn yn sylweddoli ymhen blynyddoedd wedyn pan es i weini. Ond roedd o'n blasty o'i gymharu â thai eraill y Fron Uchaf a'r cyffiniau. Doedd cerdded dros ei riniog yn ddim llai o beth yn fy nychymyg plentyn na chamu trwy ddrysau Palas Bycingham.

Ond gwelswn luniau o'r Frenhines Fictoria a gwyddwn yn syth nad oedd Mrs Rowlands yn ddim byd tebyg iddi. Roedd Mrs Rowlands yn dal iawn, yn dalach hyd yn oed na Nhad, a gwnâi ei gwallt iddi edrych yn dalach fyth. Roedd ganddi bentwr ohono, ei liw'n amrywio o lwyd i wyn ac ambell linyn brown, tenau yn rhedeg trwyddo, a'r cyfan wedi'i dynnu'n gocyn uchel ar ei phen. Roedd cocyn gwallt Mrs Rowlands yn ddigon o ryfeddod, bron yr un hyd a'r un lled – yn debyg o ran siâp i'r ddwy fas o Tsieina a safai un bob ochr i'r lle tân ym mharlwr Plas Uchaf. Dysgais ganddi rywdro fod ei chapten llong o ŵr wedi cludo'r rheiny yr holl ffordd o borthladd Hong Kong, a finnau'n synnu bod pethau mor frau eu golwg yn dal yn gyfan ar ôl y fath daith, a gŵr Mrs Rowlands wedi methu dod yn ôl yn fyw ac yn iach dros y tonnau ati hi. Roeddwn i'n sicr na fuasai hi wedi medru cerdded trwy ddrws tŷ cyffredin heb blygu'i phen, cyn uched oedd y fas honno o wallt gwyn, llwyd a brown, ond trwy lwc roedd pob un o ddrysau Plas Uchaf yn uchel iawn.

Gwisgai flows wen bob dydd, un ddiaddurn ar wahân i ychydig o les ar y goler a rhesi o bletiau'n rhedeg yn gyfochrog â'r rhes botymau. Nid oedd ganddi emwaith o unrhyw fath ar wahân i'w modrwy briodas, ond gwisgiai sbectol fel mwclis ar linyn o ddefnydd euraid. Pan eisteddai i ddarllen neu pan blygai dros ddarn o waith yn y gegin, byddai'n codi'r sbectol a'i gosod yn dwt ar ei thrwyn. Roedd arogl lafant o'i chwmpas, peth nad oedd yn fy synnu gan fod digon o lafant yn tyfu yn ei gerddi.

Erbyn i Nhad ddechrau gweithio ym Mhlas Uchaf roeddwn i'n ddigon hen i gerdded adref o'r ysgol ar fy mhen fy hun. Nid tuag adref yr awn ond yn hytrach i Blas

Uchaf. Drwy'r pentref, heibio'n cartref ni ac i lawr heibio Tyddyn Eifion, ac yna heibio'r gors a ystyriem ni, blant yr ardal, yn ffin eithaf ein byd bach ni. Yn hytrach na pharhau i ddilyn y lôn yr holl ffordd i lawr i gyfeiriad y dre, fel y gwnâi'r frêc ddwywaith y dydd, byddwn i'n troi i'r chwith am y lôn sy'n mynd i gyfeiriad Allt Lwyd. Rhaid mai pobl a fu'n byw oddi tani a'i henwodd; welid dim o'i llwydni wrth gerdded y ffordd a gerddwn i, dim ond pant yn gyforiog o eithin rhwng dau godiad o dir glas a defaid yn pori'r llethrau. Wedi dilyn y lôn i ael yr ail fryncyn, gwelwn bant bach arall a Phlas Uchaf yn sefyll yn dalog ar y bryn nesaf. Roedd yn ddigon i beri i rywun ddal ei wynt wrth ei weld am y tro cyntaf – y tŷ mawr yn ymddangos yn annisgwyl wrth i chi gyrraedd ael y bryncyn.

Codwyd yr adeilad ar lain o dir a dorrwyd i mewn i ochr yr allt. Edrychai ei ffenestri ffrynt – fel nifer o lygaid hirsgwar mawr – dros y pant a'r lôn. Gellid bod wedi gweld y môr o ffenestri wal dde'r tŷ (de wrth ddynesu at y tŷ o gyfeiriad y lôn), oni bai am y rhes o goed mawr oedd wedi'u plannu yno.

Edrychai ffenestri'r wal chwith dros yr ardd fwyaf, yr un a gaewyd â waliau uchel er mwyn rhwystro gwynt y mynydd rhag aflonyddu ar y planhigion oddi mewn i'r muriau llwydion. Roedd gan fy nhad lawer o enwau smala am yr ardd honno – ei 'gastell', ei 'gaerfa', ei 'ardd gaerog' – ond 'yr ardd' oedd hi i Mrs Rowlands. 'Gwlâu' y galwai hi'r gerddi eraill llai eu maint oedd o flaen y tŷ o boptu'r lôn a arweiniai tuag at y drws. O ran eu cynnwys doedd y gwlâu ddim yn wahanol iawn i ardd ein tyddyn ni: planhigion a ffynnai'n gymharol rwydd yn yr hinsawdd yma, rhai allai wrthsefyll ymosodiadau gwyntoedd yr ucheldir yn well na'u cymdogion mwy gwanllyd a swatiai'r tu ôl i waliau'r ardd fawr. Yn yr un modd, dim ond wyneb blaen y tŷ a gâi'r gwaethaf o'r tywydd. Rhwng y rhes uchel o goed cymysg ar un ochr, y gaerfa o ardd ar yr ochr arall, a'r bryn y tu ôl i'r tŷ, roedd tair o'i bedair ochr wedi'u cysgodi.

Os byddai'n dywydd braf, yn y gerddi y byddwn yn chwilio'n gyntaf am fy nhad. Gallwn ei weld o bell wrth gyrraedd ael y bryn pan fyddai'n gweithio yn y gwlâu o flaen y tŷ. Yn sefyll, a rhaw neu hof yn ei law, ymysg y tatws yn y gwlâu isaf un, neu ar ei bennau gliniau mewn gwely arall, yn ymyl rhes o riwbob neu lwyn mafon isel. Weithiau'n cerdded o gwmpas yr ymylon, yn twtio'r twmpathau bach o rug a symudwyd ar gais Mrs Rowlands i wneud ffiniau twt i'r gwlâu, a rhoi ychydig o gysgod iddynt. Ar wahân i'r grug, yr unig flodyn a dyfai yn y lleiniau hyn oedd lafant, a ffynnai hwnnw cystal nes ei fod yn beth cyffredin i mi ganfod Nhad yn symud un o'r planhigion hynny i ran arall o'r stad.

Anaml iawn y gwelwn o'n gweithio gyda'r cennin Pedr, y lafant a'r llwyni pinwydd bychain a dyfai bob ochr i'r drws. Anamlach fyth y byddai'n ysgubo dail o dan y rhes o goed mawr – y derw, y masarn, y bedw a'r ynn. Yn yr ardd fawr y byddai Nhad yn amlach na pheidio. Awn draw at y drws yn ochr bellaf y wal, y drws pren a beintid yn wyn ganddo ar ddechrau pob haf. Agorai'r drws hwnnw ar deyrnas gudd Mrs Rowlands, y 'gaerfa' y gofalai Nhad amdani: cymysgedd o resi, lleiniau, ac ynysoedd amryliw, a'r llwybrau gro gwyn yn gwau trwyddynt. Rhosod, pabis, hocys, eurflodau, dahlias, ceilys, bidoglysiau a lilis. A chennin Pedr o wahanol fathau, yn wahanol i'r rhai a dyfai yn ymyl drws ffrynt Plas Uchaf, yn wahanol i'r rhai a dyfai yn ein gardd fach ninnau gartref. Llwyni bychain o gamelia, rhai â blodau gwynion ac eraill â blodau cochion, yn arnofio ar gymylau o ddail gwyrdd tywyll a sgleiniai fel rhyw fath o fetel. Coed ffrwythau bychain – afalau, gellyg, ceirios ac eirin, ond rhai gwahanol i'r hyn a welid fel rheol yn yr ardal. A'r goeden gas-gan-fwnci yn sefyll yno ar ei phen ei hun ar ynys fechan yng nghanol yr ardd, fel cawres fawr werdd a'i lordiai hi'n bigog ac yn flin uwchlaw torf o gorachod bach lliwgar a foesymgrymai o'i chwmpas. Roedd llwyni isel o lafant yn gylch o gwmpas ynys y gawres fawr honno, yr unig blanhigyn o'r 'gwlâu ffrynt' a welid yng ngardd fawr gaerog Mrs Rowlands. Yno y byddwn yn gwylio Nhad yn gwthio llond berfa o wrtaith ar hyd un o'r llwybrau, yn tocio canghennau camelia neu'n symud bagad o hocys, eu blodau pinc mawr yn ysgwyd ar eu coesau hir, main wrth iddo'u cario'n ofalus i'w cartref newydd mewn llain arall. Yr un fyddai ei gyfarchiad imi bob tro:

'Dyma chdi, Mari.' Fel pe bawn yn hwyr yn dod o'r ysgol ac yntau wedi bod yn fy nisgwyl ers meitin, yn dyheu am fy nghwmni.

Weithiau byddai'n dangos peth o'r gwaith oedd yn mynd â'i fryd y munud hwnnw, gan egluro pam y torrodd o hwn-a-hwn, a beth oedd o'i le ar hon-a-hon. Cymerwn arnaf fod â diddordeb, hyd yn oed pan na allwn ddilyn popeth a ddywedai am ddyfnder gwreiddiau a lleithder dail. Wedyn, yn hwyr neu'n hwyrach, byddai'n sythu'i gefn ac ymestyn ei freichiau, fel pe bai am gymryd hoe fach ei hun, ond yn hytrach na gadael ei waith byddai'n deud:

'Dywed Mrs Rowlands y dylet ti edrych amdani yn y gegin.' Neu: 'Mae Mrs Rowlands yn disgwyl amdanat ti.'

Awn innau wedyn i adwy ddi-ddrws yn wal yr ardd, yn ymyl y gornel lle roedd y mur yn cyfarfod â chefn talcen y tŷ. Deuwn felly i'r geunant gul a ffurfiwyd pan adeiladwyd Plas Uchaf – y gofod rhwng cefn y tŷ a'r bryn – a'r rhan honno o'r tir wedi'i naddu i greu'r safle ar gyfer yr adeilad. Syniwn amdano fel twnnel uchel heb do, â wal gefn y tŷ yn ffurfio'r naill ochr a'r wal frics a godwyd i guddio'r graith lle torrwyd y bryn ar yr ochr arall. Roedd yn gil haul bron cystal â phe bai arno do, a thyfai mwsog dros y wal frics laith a rhedyn bychain yn y craciau. Dyma'r unig ran o Blas Uchaf nad oeddwn yn ei hoffi; roedd arna i ofn cael fy nal yno rhwng y waliau tamp, oer, a dychmygwn fod y ceunant yn bygwth cau amdanaf a'm sugno i mewn i bridd gwlyb y bryn.

Felly, brysiwn at y drws cefn a agorai ar gegin Mrs Rowlands.

Ar yr adegau pan na fyddai Mrs Rowlands yno'n barod, safwn ar ganol y llawr yn disgwyl amdani, er y gwyddwn y gwahoddai fi i eistedd yn syth. Safwn yno'n eiddgar yn syllu ar y drws rhwng y gegin a'r coridor a redai trwy berfedd y tŷ. Fyddai hi ddim yn hir cyn dod: gwthiai'r drws ar agor â chlec a brasgamu i mewn i'r gegin, y sbectol yn dawnsio ar y llinyn euraid ar ei mynwes a'r cocyn gwallt yn taflu cysgod dros y cypyrddau wrth iddi symud o gwmpas yr ystafell. Ar adegau eraill, byddai Mrs Rowlands eisoes yn y gegin, ei sbectol ar ei thrwyn wrth iddi blygu dros y bwrdd, yn torri brechdan neu'n taenu menyn ar sgonsen. Codai ei phen a thynnu'r sbectol, a gwenu:

'Wel hylô, Miss Mari! Ty'd i gael rhywbeth i'w fwyta.'

Fe'm tywysai wedyn at stôl uchel yn ymyl y bwrdd mawr yng nghanol yr ystafell. Rhoddai blât o'm blaen ac arno dafell o fara efo menyn a chaws, neu sgonsen efo menyn a jam. Cynigiai damaid o gig moch i mi ambell dro, hefyd. Llefrith oer i'w yfed, mewn gwydr tal, a phatrymau wedi'u naddu arno. Weithiau, ar ôl yfed fy llefrith daliwn y gwydr hardd ar ogwydd er mwyn gwneud i'r golau lifo trwy'r patrymau tryloyw, a chreu enfysau bychain ar y bwrdd.

Pan oedd y tywydd yn braf byddai Mrs Rowlands yn disgwyl i mi fynd allan i chwarae yn yr ardd lle gweithiai Nhad. Ond pan fyddai'n wlyb neu'n neilltuol o oer, disgwyliai imi aros efo hi yn y tŷ – trefn a sefydlwyd ganddi yn ystod dyddiau cyntaf Nhad ym Mhlas Uchaf. Eto symudwn i ddim heb iddi fy ngwahodd, er y gwyddwn yn iawn y dôi'r gwahoddiad bob tro. Ar ôl imi lyncu'r tamaid olaf o fwyd ac yfed y llymaid olaf o lefrith, byddai'n codi'i phen o ba dasg bynnag a wnâi yn y gegin a deud:

'Ty'd, Miss Mari fach. Awn ni i ddarllen yn y parlwr.'

Yna dilynwn hi trwy'r drws i'r coridor hir hwnnw a redai fel asgwrn cefn trwy ganol llawr gwaelod Plas Uchaf, yr holl ffordd o ddrws y gegin i'r drws ffrynt mawr. Wrth i ni gerdded o'r gegin, roedd y grisiau i'r chwith inni'n deras cain – pren tywyll y canllaw'n disgleirio ar dop y rhes o ystyllod gwynion, yn codi'n urddasol ar hyd y wal ac yn plygu i landin y llawr cyntaf, a hongiai fel oriel uwchben drws y gegin. Ar y dde roedd drws y llyfrgell, a thrwy hwnnw yr aem ni gyntaf cyn ei throi hi am y parlwr. 'Llyfrgell' y galwai'r ysgolfeistr ei gasgliad bychan o lyfrau, y silff a'r cas gwydr a safai yn ymyl ei ddesg. Roedd llyfrgell Mrs Rowlands ddengwaith yn fwy – y casgliad mwyaf o lyfrau a welswn erioed. Helpai fi i ddewis llyfr neu gylchgrawn:

'Dwi'n credu y byddai hwn at dy ddant.'

Wedyn aem yn ôl i'r coridor ac i lawr at y drws ar y chwith a safai rhwng gwaelod y grisiau a drws ffrynt mawr y tŷ.

Ac felly y treuliwn i'r prynhawniau hynny, yn darllen

ym mharlwr Mrs Rowlands, ein dwy'n eistedd efo'n gilydd ar y setî, ei sent lafant hi yn trechu'n raddol arogl y llwydni a ddeuai o glustogau gorlawn y dodrefnyn. Darllenwn innau, ond nid trwy'r adeg – codwn fy mhen yn aml er mwyn mwytho'r ystafell â'm llygaid. Syllwn ar y ddwy fas fawr, un bob ochr i'r lle tân ysblennydd, gan astudio'r dreigiau gleision a sgrialai dros gefndir gwyn y tsieina. Edrychwn ar y cloc mawr a warchodai'r wal gyferbyn â'r tân, yn sefyll yn dalog yn ei lifrai o dderw tywyll rhwng y ddwy ffenestr hirsgwar. Craffwn ar ei wyneb pres sgleiniog, y rhifau Rhufeinig a'r geiriau 'M Thomas Caer Narvon' wedi'u hysgythru'n gain o dan y rhif VI.

*　*　*

Bu Plas Uchaf yn rhan ganolog o'n bywydau am ryw saith mlynedd, ond daeth y cyfnod braf hwnnw i ben yn ddisymwth ym 1887 pan fu farw Mrs Rowlands. Deuddeg oed o'n i. Roedd hi wedi cyfeirio at fy oed yn ystod un o'r sgyrsiau olaf ges i â hi:

'Wel, Miss Mari, gad i mi edrych arnat ti. Mi wyt ti'n tyfu bob dydd! Mi fyddi di'n cyrraedd oed gwraig cyn iti sylwi. Dwi'n gobeithio'r nefoedd y ca' i fyw i weld y diwrnod hwnnw.'

Ond chafodd hi mo'i dymuniad. Doedd hi ddim yn hawdd i ninnau, chwaith, ar ôl i Mrs Rowlands ymadael â ni. Doedd Nhad ddim bellach yn rhentu caeau fel yr arferai ei wneud, felly'n hunig libart oedd tŷ moel ac iddo bwt o ardd. Gallai Nhad fynd yn ei ôl i'r chwarel, ond doedd arno ddim awydd gweithio'r garreg las, oer ar ôl blynyddoedd o dreulio'i ddiwrnod gwaith yng nghanol pethau byw. Chwiliai am waith fel garddwr ar hyd y lle, gan deithio'n bell iawn ar adegau.

Er nad awgrymodd y dylwn i adael, ac er na fynnai i mi wneud hynny, gwawriodd arnaf y dylwn geisio ennill fy nhamaid fy hun er mwyn lleihau'r baich arno. Bu trafod, anghytuno a dadlau rhyngom. Ond yn y diwedd doedd ganddo ddim dewis ond cydsynio, ac felly es i i'r dre i weini. Wedi'r cwbl, roeddwn bron yn bymtheg oed, a merched iau na mi o'r Fron Uchaf wedi bod yn gweini ar un o'r ffermydd breision neu un o dai mawr y dre ers blynyddoedd. Doedd arna i ddim awydd ymadael â Nhad mwy nag roedd o am i mi fynd, ond dyna ni: aethai cyfran o'n bywydau'n chwilfriw wrth i Blas Uchaf fynd yn adfail yn sgil marwolaeth ei berchennog.

Fel y soniais, bu Nhad yntau farw rhyw dair blynedd ar ôl i mi symud i'r dre. Fy nhad – yr unig deulu a oedd gennyf yn y byd – wedi 'ngadael.

A finnau ar wallgofi gan drymder y galar, fy nyhead pennaf oedd symud yn ôl i gyffiniau'r Fron Uchaf a cheisio ail-greu peth o'r bywyd roeddwn i wedi'i golli. Creu teulu newydd a fyddai'n fodd i mi gau rhywfaint ar y bwlch. Fy nheulu fy hun.

Ac yna gwelais dy dad, yn sefyll yno ar sgwâr y dre adeg y ffair. Tomos Jones, un o'r Fron Uchaf. Fe'i cofiwn o'r ysgol; roedd o ddwy flynedd yn hŷn na fi, ond roeddem yn yr ysgol efo'n gilydd cyn iddo adael am y chwarel. Roeddwn yn ei hoffi yn yr ysgol hefyd – ei wyneb hardd, ei hyder braf. Pan welais i o'n sefyll yno, mi welais damaid byw o'r gorffennol a fuasai'n eiddo i mi. Gwelodd yntau fi hefyd, a cherdded tuag ataf. Fe briodon ni dri mis yn ddiweddarach.

Rhuthrais i'r ardd i dorri pwysi.

Heibio'r lafant, heibio'r lili.

Mae'n debyg nad ydw i'n cynnwys digon o lais dy dad yn y stori hon, ac mae'n sicr y byddet ti'n deud nad wyf yn rhoi digon o gyfle iddo ddisgrifio pethau o'i safbwynt o, a bod hynny'n annheg. Ond dyna ni: mae hen ddigon o'i lais wedi'i glywed yn y tŷ hwn ar hyd y blynyddoedd. Hwn yw fy nghyfle i. Hon yw fy stori i. Hanes na all neb ond y fi ei adrodd.

Daethost i'r byd o gwmpas hanner nos, a digwyddodd llawer cyn iddi wawrio'r diwrnod canlynol. Yn ystod yr oriau cyn dy eni buasai tyrfa fechan yn y tŷ, o gyfrif pawb, ond aethai'r dyrfa fechan honno'n llai. Wil oedd y cyntaf i ymadael; dywedodd dy dad wrtho y câi fynd adref am nad oedd arnom ei angen mwyach. Welais i mohono gydol y nos, wrth reswm, a finnau'n gaeth i'r gwely ac yntau yn y gegin neu'n mynd a dod trwy'r drws, yn cludo glo er mwyn cadw'r tân i fynd neu'n cario dŵr o'r ffynnon. Er na welais mohono mi glywn ei lais yn achlysurol, ac yn absenoldeb ei wraig, Lisa, a Beti Ifans, roedd hynny o bresenoldeb yn gysur.

Mwynheais glywed parabl cynhyrfus Sara ac Elin hwythau yn ystod y seibiau tawel a dorrai ar ruo ac ubain y gwynt. Welwn i mohonyn nhwythau ychwaith, dim ond gwybod eu bod yno yn y llofft fach ychydig lathenni i ffwrdd, a'u cofio'n dod â'r sypyn hwnnw o eirlysiau imi yn y prynhawn. Gwyddwn hefyd y byddent yn rhuthro i'r ystafell i groesawu'r newyddanedig yr eiliad y caent wahoddiad i wneud hynny. Roeddynt yno, am y pared â mi, o dan yr unto, yn deulu ac yn rhannu'r profiad.

Ond ar ôl mynych fygythiadau a bytheirio dy dad, ac ar ôl i'r storm ostegu ac yna codi'i hwyliau eto, blinodd y ddwy ar gynnwrf y noson. Dim ond am hyn a hyn y gall plant tair a phump oed aros yn effro, felly syrthiodd y ddwy i drymgwsg er gwaetha'r holl gyffro.

Yn y diwedd, dywedodd dy dad wrth Elen Esra y dylai hithau fynd. Ceisiais ymresymu â fo a deud fel arall, ond ddôi dim llawer o synnwyr o 'ngenau; roeddwn wedi mynd yn wan iawn erbyn hynny. Ceisiodd Elen Esra ddal pen rheswm efo fo:

'Hitiwch befo, Tomos Jones. Dwi yma am y noson.'

'Na, Elen Esra, does arnon ni mo'ch angen chi rŵan.'

'Oes, tad, mae digon i'w neud eto.'

'Fel be, deudwch?'

'Mae 'na lawer o bethau y mae eu hangen ar fam ac ar faban ar adeg fel hon. Mi arhosa i a gneud yr hyn sy angen.'

'Nid rŵan. Nid yma. Mae'r amser i bethau felly ar ben.'

'Nacdi, Tomos Jones, dydi o ddim. Mi arhosa i i helpu. Dydi hynny ddim ond yn beth naturiol.'

'Nacdi, Elen Esra, tydi o ddim. Felly mae hi arnon ni, gwaetha'r modd. A tydi o ddim yn naturiol o gwbwl.'

* * *

Roedd dy dad yn anghywir, wrth gwrs. Mae'r hanes hwn *yn* naturiol. Yn hanesyddiaeth naturiol, chwedl Asa Gray.

Fe'm cyflwynwyd iddo un prynhawn oer yn yr hydref pan es i Blas Uchaf ar ôl yr ysgol. Dilynem y drefn arferol ar y dechrau, Mrs Rowlands yn rhoi tamaid i mi i'w fwyta yn y gegin cyn fy ngwahodd i ymuno â hi yn y parlwr. Ond aethom ni ddim i'r llyfrgell y diwrnod hwnnw – yn hytrach, wrth i ni gerdded yn syth i gyfeiriad drws y parlwr, troes Mrs Rowlands a wincio arna i dros ei hysgwydd, y fas o gocyn gwallt mawr fel pe'n bygwth disgyn oddi ar ei silff.

'Na, nid i'r llyfrgell rydan ni'n mynd heddiw, Miss Mari. Mae gen i rywbeth yn y parlwr y mae arna i eisiau ei ddangos iti.'

Roedd hi wedi gosod bwrdd bach o flaen un o'r ffenestri mawr wrth ymyl y cloc er mwyn manteisio ar y golau a lifai drwyddi. Roedd swp o bapur ysgrifennu plaen ar y bwrdd, ac yn ei ymyl swp arall o bapur, a'r ddalen ar ei dop wedi'i gorchuddio â llawysgrifen gain Mrs Rowlands. Roedd blwch pren hir yn dal nifer o ysgrifbinnau a photyn inc. Gwelais ddau lyfr ar y bwrdd, y ddau wedi'u cau ond â thamaid o bapur gwyn wedi'i roi ganddi ym mhob un i gadw'r lle.

Plygodd Mrs Rowlands dros y bwrdd nes bod ei chocyn gwallt bron yn cyffwrdd â gwydr y ffenestr, a chodi'r sypyn o bapurau roedd hi wedi bod wrthi'n ysgrifennu arnyn nhw. Cerddodd draw at y setî ac yna siyfflo trwy'r papurau oedd yn ei dwylo, i'w had-drefnu. Eisteddodd ac amneidio arna i i ymuno â hi. Gwasgais yn ei herbyn, gan suddo i mewn i glydwch y clustogau, arogl lafant Mrs Rowlands yn llenwi fy ffroenau unwaith eto a gwres ei chorff yn cynhesu fy nghorff bach innau. Gan ddal y papurau â'i dwy law, cododd nhw a'u hysgwyd ychydig, fel pe bai'n arddangos gwobr roedd wedi'i hennill mewn ffair.

'Dyma ni, Miss Mari: heddiw 'di'r diwrnod. Dwi am dy gyflwyno di i Êsa Grê. Gwranda di wrth i mi ddarllen, ac wedyn mi gei di ddeud wrtha i be rwyt ti'n ei feddwl ohono.'

Ar ôl gosod y sypyn ar ei harffed, cododd ei sbectol a'i

rhoi ar ei thrwyn. Trodd ataf a wincio, cyn codi'r ddalen gyntaf a dechrau darllen:

Elfennau Llysieueg
gan Êsa Grê
Caerefrog Newydd

Mil wyth cant a thri deg a chwech

Ystyrir Llysieueg, sef adran Hanesyddiaeth Naturiol y sydd yn ymdrin â'r Ymherodraeth Lysieuol, yn un o'r gwyddorau naturiol mwyaf helaeth a diddorol. Nid yn unig y mae'n cynnig moddion er mwyn adnabod, trefnu ac enwi'r holl wrthrychau y mae'r deyrnas wych hon o Natur yn eu cyflwyno i'n hystyriaeth, ond y mae hefyd yn cynnwys gwybodaeth am eu cyfansoddiad elfennol a'u trefniant mewnol.

Oedodd Mrs Rowlands, gan roi'r papur yn ei ôl ar dop y sypyn yn ei harffed. Tynnodd y sbectol fymryn yn is i lawr ar ei thrwyn er mwyn craffu arna i drosti.

'Llyfr am lysieueg ydi o, Miss Mari.'

Aeth rhagddi i egluro i mi beth oedd ystyr llysieueg, a hefyd i aralleirio gweddill yr hyn roedd wedi'i ddarllen imi, er mwyn sicrhau fy mod yn deall y cyfan. Roeddwn wedi mwynhau sŵn y geiriau mawr, beth bynnag, er na ddeallais fawr ddim cyn iddi hi eu heglurо. Roedd eistedd yno'n gwrando arni'n darllen yn ddigon ynddo'i hun i mi. Y geiriau soniarus, fel llawer o'r geiriau sydd yn y Beibl, yn llifo'n gynnes drosof ac yn fy swyno, hyd yn oed os na ddeallwn eu hystyr yn llawn. Y geiriau Cymraeg moethus yn lapio o'm hamgylch fel sent lafant Mrs Rowlands, a chynhesrwydd ei chorff yn fy nghysuro ac yn fy nghyffroi yr un pryd. Yr un cyffro a'm cynhyrfai wrth feddwl bod dynes fel Mrs Rowlands eisiau treulio'i phrynhawn efo fi – yn eistedd yno yn ei pharlwr hi, ar ei setî hi, yn darllen cyfrin eiriau Êsa Grê i mi.

Dim ond wedyn – flynyddoedd wedyn – y dysgais y gwir am Êsa Grê. Dim ond ar ôl i mi gael cyfle i astudio'r papurau eu hunain yn fanwl, a chraffu ar y llawysgrifen gain, ac edrych ar y ddwy gyfrol ar y bwrdd lle gweithiai Mrs Rowlands.

Dim ond wedyn y dysgais mai Americanwr o'r enw Asa Gray oedd awdur y gyfrol *Elements of Botany*. Ond hyd yn oed ar ôl i mi sylweddoli mai Mrs Rowlands ei hun oedd wedi bod yn cyfieithu'r llyfr o'r Saesneg i'r Gymraeg, allwn i ddim peidio â meddwl am yr awdur gwreiddiol fel Cymro – y Cymro Êsa Grê – a'i lyfr fel gwaith a gyfansoddwyd yn Gymraeg o'r cychwyn cyntaf. Yn union fel y syniwn i a chenedlaethau o blant eraill am y Beibl fel llyfr a ysgrifennwyd gan Dduw ei hun yn Gymraeg, iaith y nefoedd. Eto, roedd gwreiddiau Cymreig Êsa Grê yn ddyfnach na hyd yn oed fy nychymyg plentyn i, ac yn gryfach na chyfieithiad Cymraeg cyhyrog Mrs Rowlands. Gydag *Elements of Botany* Asa Gray ar y bwrdd lle gwnâi hi'r gwaith cyfieithu, roedd *Welsh Botanology* gan Hugh Davies – llyfr ac ynddo Gymraeg yn ogystal â Saesneg a Lladin. Fel y bydd y garddwyr mwyaf medrus yn addasu planhigyn, yn impio planhigyn arall arno a'i fowldio'n rhywbeth gwahanol, felly hefyd roedd Mrs Rowlands wrth gyfieithu Asa Gray yn impio peth o ffrwyth gwaith y Cymro Hugh Davies ar ffrwyth llafur yr Americanwr.

Ond ni chafodd fyw i orffen y dasg.

Bron na ddywedwn fod Mrs Rowlands yn deulu. Yn ogystal â'i hoffter o blanhigion a ddaethai â Nhad i Blas

Uchaf yn y lle cyntaf, ac yn ogystal â'r caredigrwydd mawr – ac ie, y cariad – a ddangosai tuag atom ni'n dau yn barhaus, roedd hi'n debyg iawn i ni mewn un peth pwysig: doedd ganddi hithau ddim llawer o deulu go iawn. Felly, pe bai'r stori hon fymryn yn wahanol, buasai Nhad a finnau wedi dod yn gefnog iawn yn sgil ei marwolaeth.

Pe bai tro o fath arbennig yn yr hanesyn, buasem wedi etifeddu'r cwbl o'i stad sylweddol. Ond ddigwyddodd hynny ddim, gan nad oedd Mrs Rowlands mor gyfoethog â hynny, wedi'r cwbl. Does gen i ddim cof imi sylwi dim ar y pryd, a soniodd Nhad, chwaith, ddim byd yn ei gylch. Ond clywais bobl eraill yn deud ymhen blynyddoedd wedyn fod Plas Uchaf wedi dechrau mynd â'i ben iddo, a hynny sbel cyn i'w berchennog farw. Dywedai rhai fod Mrs Rowlands yn rhoi mwy o sylw i'w gerddi nag i'w thŷ, a'i bod yn well ganddi gael fflyd o rosod yn eu blodau na tho nad oedd yn gollwng. Mae'n debyg iddi orwario ar ei gardd ac, o bosibl, ar lyfrau a rhai pethau eraill y dylai fod wedi'u cyfrif yn foethusrwydd. Er na roddai lawer mwy i Nhad na'r hyn a gawsai gynt yn y chwarel, mae'n debyg nad oedd Mrs Rowlands yn gallu fforddio talu'r cyflog bychan hwnnw hyd yn oed. Felly, pan fu farw, adawodd hi ddim byd bydol ar ei hôl ond dyledion. Gwerthwyd ei dodrefn a gweddill cynnwys y tŷ i'w talu.

Ond roedd hi wedi gofalu am un peth. Gadawsai bapur gyda thwrnai yn y dre yn deud ei bod yn gadael gwaddol bychan i Nhad, gan egluro na ddylai hwnnw fynd i ddwylo'r rhai a gasglai ei dyledion oherwydd mai tâl oedd o i Nhad am ei fisoedd olaf o waith ym Mhlas Uchaf. Wn i ddim a oedd hynny'n wir ai peidio; pe bai o'n wir, fyddai Nhad ddim wedi sôn gair na allai hi mo'i dalu, ac ni ryfygwn innau ofyn iddo hyd yn oed pe bawn wedi amau rhywbeth. Dwi'n sicr y *byddai*'r gwaddol wedi mynd i grafangau'r casglwyr dyledion, hefyd, pe bai o'n swmp o arian parod. Ond nid arian parod ydoedd. Yn hytrach, cloc wyth niwrnod.

Bu'n rhaid i Nhad dalu swllt yr un i ddau o ddynion y beili a ddaeth ag o acw. Cofiaf sefyll yn y lôn o flaen giât y tŷ yn gwylio'r orymdaith: un dyn yn tywys y mul, a hwnnw'n tynnu trol, a'r dyn arall yn cerdded yn ymyl y drol yn cadw llygaid ar yr hyn a gludai. Wedi iddynt ddod yn nes gallwn weld y teithiwr crand ei hun – y cloc mawr yn gorwedd ar wely o hen wrthban a daenwyd oddi tano ar lawr y drol. Rhedais at y drol er mwyn sbio ar ben ucha'r cloc yn ymestyn y tu hwnt i gefn y cerbyd, ei wyneb pres sgleiniog yn dal yr haul. Gwelais y rhifau Rhufeinig a'r ysgrifennu cyfarwydd: 'M Thomas Caer Narvon'. Roedd rhaff wedi'i chlymu o gwmpas ei gorff er mwyn cadw'i ddrws ar gau a'i berfedd yn saff y tu mewn. Câi'r tri dyn – Nhad a'r ddau a ddaethai gyda'r llwyth – drafferth sylweddol i'w gludo o'i wely ar y drol i'w gartref newydd. Arhosais i'r tu allan er mwyn rhoi mwythau i'r mul, ond gallwn eu clywed yn bustachu ac yn griddfan dan ei bwysau.

'Ddeudis i, 'do? Mae yna bwysa 'ffernol arno fo!'

'Rhaid bod ei du mewn o yn haearn i gyd!'

'Fel symud mynydd, myn uffar i!'

Rhuthrais i'r tŷ ar ôl i'r ddau ddod allan at y drol a'r mul. Roedd y cloc wedi'i osod yn erbyn y wal, ac roedd Nhad yn sefyll o'i flaen yn craffu arno. Plygai a thynnai ar gwlwm y rhaff.

'Dos i nôl cyllall, wnei di, Mari?'

Torrodd y rhaff ac agor drws y cloc er mwyn gosod ei berfedd mewn trefn a'i roi ar waith. Roedd corff y cloc wedi'i lenwi â hen glustogau, er mwyn cadw'r darnau pwysig rhag taro'i gilydd a malu. Es ar fy ngliniau a thynnu'r clustogau allan, a chyffroi wrth sylwi bod un ohonynt wedi dod oddi ar y setî ym mharlwr Mrs Rowlands.

Ond, wrth i mi eu tynnu allan, sylwais fod rhywbeth arall yno yn y gwaelod: tomen o lyfrau, pob un wedi'i lapio mewn papur llwyd a'r cyfan wedi'i glymu â chortyn yn un fricsen fawr drom. Detholion o lyfrgell Mrs Rowlands, y rhai y tybiai hi y byddai ar Nhad a minnau eu heisiau a'u hangen. Bu'r llyfrau hynny'n harddu'n tŷ ni am gyfnod, yn eistedd yn rhes falch ar ran isaf y cwpwrdd deuddarn. (Roedd Nhad wedi symud rhan uchaf y cwpwrdd i'r tŷ llaeth er mwyn ei ddefnyddio i gadw'r hadau y bwriadai eu defnyddio neu eu gwerthu pan gâi gyfle: rhai mewn potiau bychain ac eraill mewn pacedi bach papur a wnaethai yn unswydd ar eu cyfer.)

Eisteddwn ar y setl weithiau a symud fy llygaid yn araf o'r cloc at y llyfrau, yna cau fy llygaid ac ewyllysio y byddai rhagor o Blas Uchaf yn ymrithio yn ein cartref ni. Dychmygwn eistedd ar y setî ym mharlwr Mrs Rowlands yn hytrach nag ar estyll pren yr hen setl. Dymunwn weld y ddwy fas fawr o Tsieina a'r bwrdd ysgrifennu bach. Ond pan agorwn fy llygaid drachefn welwn i ddim byd ond wyneb sgleiniog y cloc, yn rhy agos o lawer at y nenfwd isel, a'r rhes falch honno o gyfrolau'n pwyso yn erbyn gwyngalch y wal.

Cofiaf eu teitlau ac enwau eu hawduron hyd heddiw, fel y cofir enwau cyfeillion ymadawedig:

Charlotte Murray, *The British Garden*; Reginald Coleridge, *Behold the Rose*; Elizabeth Kent, *Sylvan Sketches, or a Companion to the Park and the Shrubbery*; Priscilla Wakefield, *An Introduction to Botany, in a Series of Familiar Letters, with Illustrative Engravings*; *Butterworth's*

Botanical Treatises gan Elias Butterworth – ac, wrth gwrs, Hugh Davies, *Welsh Botanology*, ac Asa Gray, *Elements of Botany*.

Bodiwn y cyfrolau cain a byddwn wrth fy modd yn syllu ar yr engrafiadau, er nad oedd gennyf amynedd ymgodymu rhyw lawer â'r geiriau Saesneg mawr. Dim ond llyfr Hugh Davies y byddwn yn ei ddarllen go iawn. Clywn leisiau Cymraeg cyfarwydd pan ddarllenwn ei gyfrol o. Roedd yna lais tebyg i lais fy nhad yn rhai o'i frawddegau, pan soniai am 'flagur y ddaear' a phethau felly. Atgoffai geiriau eraill fi o'r modd yr ysgrifennai Mrs Rowlands am blanhigion: cenhedloedd, llwythau, tylwythau a rhywogaethau. Ar adegau eraill, clywn adlais o un o'r gweinidogion a glywswn yn y capel (pan awn yno ar y Sul, er gwaethaf amharodrwydd Nhad i ymuno â mi):

Gan fod y Creawdwr Mawr, yn ôl anfeidroldeb ei allu, gwedi creu'r holl amrywiaethau aneirif o flagur er mwyn dyn, a chan nad oes ar y ddaear berchen bywyd cynysgaeddol o'r ddawn ardderchog o reswm a gallu ganddo i'w hystyried a myfyrio arnynt, heblaw dyn, diau fod yn ddyledus arno eu sylwi a'u manwl chwilio, fel na ddiystyrer un rhan o'r greadigaeth, ac na chollo'r Lluniwr doeth, haelionus, da, y parch a'r anrhydedd sydd ddyledus iddo.

Mae'n wir yr edrychwn ar lyfr Asa Gray yn aml hefyd, gan astudio'r lluniau a cheisio rhoi ambell bwt o Saesneg ar brawf yn erbyn cyfieithiad Mrs Rowlands. Ond trown yn amlach na pheidio at ei ymgnawdoliad Cymraeg – Êsa Grê a'i *Elfennau Llysieueg*. Oedd, roedd Mrs Rowlands hefyd wedi rhoi ei llawysgrif, wedi'i lapio mewn papur llwyd, ar dop y domen o lyfrau roedd wedi'u sodro'n ddiogel yng nghorff y cloc. Fe'i darllenwn drosodd a throsodd, nes bod ymylon y dalennau'n dechrau treulio ac yn breuo. Darllenai Nhad y gwaith yn bur aml hefyd, pan gâi amser i ddarllen, ac nid oedd yn beth anghyffredin inni'n dau ei ddarllen efo'n gilydd, ein cyrff wedi'u gwasgu ynghyd ar y setl. Ond y *Welsh Botanology* a ddarllenai Nhad y rhan fwyaf o'r amser. Yn hytrach na chraffu ar y rhagymadrodd ac ystyried y traethu, byddai'n astudio rhestr Hugh Davies o enwau planhigion, ac fe'u trafodai gyda mi yn aml.

'Ia, Mari, mae Hugh Davies yn rhoi "menyg ellyllon" hefyd, wel'di. "Bysedd y cŵn" fyddwn ni'n ddeud, yndê? Ond dwi wedi clywad rhai'n deud "menyg ellyllon" cyn heddiw.' Finnau'n codi 'mhen o'r llyfr y byddwn yn ei ddarllen.

'Ia, wel'di – "gruglwys". "Teim" glywi di bobol yn ddeud rŵan, yn amlach na pheidio, ond "gruglwys" fydda i'n ddeud. Gruglwys! Ers pan o'n i'n hogyn.'

Rhown y gorau i ba waith bynnag a wnawn ar y pryd – torri nionyn yn null Modryb Sarah, tylino toes yn y bowlen fawr frown ar y bwrdd, neu sgwrio'r llechen o flaen y grât – er mwyn codi 'mhen a gwrando'n astud. 'Dyna fo! Dywed Hugh Davies fod "ceg fy nain" i'w glywad weithiau yn y Gogledd. Er ei fod o'n rhoi "trwyn y llo" yn gynta.'

Roedd o ar ei hapusaf ar adegau felly – yr adegau prin hynny pan gâi'r ddau ohonom gyfle i hamddena yng nghhwmni'n gilydd yn ystod y blynyddoedd ar ôl i Mrs Rowlands farw. Châi Nhad fawr o hamdden fel rheol. Gweithiai'n galed iawn er mwyn ceisio cael dau ben llinyn ynghyd, ond roedd yr hyn roedd ei angen arno er mwyn gwireddu hynny fel pe bai wastad fymryn y tu hwnt i'w afael.

Teithiai gryn dipyn hefyd i chwilio am waith fel garddwr. Yn achlysurol, câi waith o'r fath yn y dre ac ar stadau rhai o dai mawr yr ardal, ond gwaith dros dro yn unig fyddai hwnnw. Roedd hi'n arbennig o galed arnom yn y gaeaf, pan nad oedd y rhai a'i cyflogai'n ysbeidiol yn fodlon gwario ar arddwr, a phan na ddôi llawer o fudd o'n gardd fach ni. Dywedai rhai dynion eraill y câi Nhad fynd yn ôl i'r chwarel unrhyw bryd, gan fod ganddo enw o hyd fel un oedd yn eithriadol o dda gyda'i ddwylo ac yn gydwybodol iawn yn ei waith. Awgrymwn innau'r un peth pan fyddai'n neilltuol o fain arnom – pan ddeuai Nhad adref ar noson rewllyd o aeaf, yn llwglyd ac yn flinedig ac yn ddigalon ar ôl diwrnod di-fudd arall o chwilio'n ofer am waith.

'Fedra i ddim, Mari. Garddwr ydw i. Planhigion a choed ydi 'mhetha i, nid llechi a llwch. Dydi o ddim yn 'yn natur i bellach.'

Yn hytrach nag ildio a mynd i holi am waith yn y chwarel, byddai'n penderfynu gwerthu un o'r llyfrau cain.

'Dim ond un. Er mwyn cael tamaid at weddill yr wythnos. Dwi'n sicr o gael cynnig gwaith wedyn.'

Dywedai'r pethau hyn i'w gysuro'i hun yn fwy na dim. Roeddwn i wedi derbyn gwir natur y sefyllfa yn fy nghalon erstalwm.

'Dim ond hwn, Mari. Bydd Mistar Griffiths angen 'yn help i eto yng ngardd Tŷ Mawr cyn bo hir. Pres wsnos i gadw'r blaidd o'r drws, dyna'r cyfan sy ei angen arnon ni.'

A chyda geiriau o'r fath yr âi bob hyn a hyn ag un o'r llyfrau i'w werthu yn y siop yn y dre. Ffarweliem â nhw fesul un fel pe baem yn ffarwelio â chyfeillion annwyl oedd yn mudo dros y môr. Aeth *Butterworth's Botanical Treatises* un wythnos a *Sylvan Sketches* yr wythnos ganlynol. Wedyn, pan na chynhyrchodd taith arall o gwmpas tai mawr yr ardal obaith am waith, dyna ffarwelio â *Conversations on Natural Philosophy*. Rhyw wythnos arall, tro Charlotte Murray a'i *British Garden* oedd hi i ymadael.

Felly'r âi ein llyfrgell fach yn ddim, fesul cyfrol, fesul cyfaill. Yn iach, Priscilla Wakefield! Ffarwél, Elizabeth Kent! Dwi'n cofio crio am oriau pan fu'n rhaid i ni werthu *Behold the Rose* gan Reginald Coleridge. Byddai Nhad yn hoffi deud mai hwnnw oedd y llyfr hynaf yn y casgliad, ac mae'n bosibl fod a wnelo'r ffaith honno â dwyster fy ngalar, ond yr hyn a'm pigodd fwyaf wrth ffarwelio â *Behold the Rose* oedd y ffaith fy mod yn eithriadol o hoff o'r lluniau – 'Sixteen Illustrations Reproduced from Paintings by Mary Lawrance'. Roedd deigryn yn llygaid fy nhad pan aeth â *Welsh Botanology*, Hugh Davies, i'r dre. Bu'n brifo am hir hefyd ar ôl i ni werthu *Elements of Botany*, Asa Gray. Ond o leiaf roedd llawysgrif Mrs Rowlands a'r gwaith na allwn ond ei ystyried fel yr Êsa Grê go iawn gennym o hyd.

Aeth y llyfrau i gyd yn y diwedd, a dyna pryd y penderfynais y dylwn innau fynd i weini yn y dre. Er nad oedd Nhad yn gyfrifol am fy mwydo i wedyn, roedd y sefyllfa'n dal yn llwm gan fod y tipyn cynigion a gâi am waith dros dro yn dod hyd yn oed yn llai aml. Bu'n rhaid iddo yntau gyfaddef cyn bo hir nad oedd ganddo ddewis ond gofyn am waith yn y chwarel.

Anaml y gwelwn o bellach – dim ond ar ambell brynhawn Sul pan oedd gennyf ddigon o bres wrth gefn i deithio gyda'r frêc i fyny i'r Fron Uchaf i'w weld – ond sylwais yn ystod yr ymweliadau prin hynny nad oedd wedi colli'i garedigrwydd a'i ysbryd hael. Ni surodd, ond roedd wedi mynd yn hŷn na'i flynyddoedd. Roedd wedi colli rhywbeth fuasai'n rhan ohono, a gwyddwn na châi o byth mohono'n ôl. All dyn ddim colli peth felly heb iddo fynd â rhywbeth ohono fo.

Bu Nhad farw fis ar ôl i mi droi yn ddwy ar bymtheg oed. Ni welswn neb o'r Fron Uchaf am fisoedd ar ôl ei gynhebrwng, ac yna ar ddiwrnod y ffair dyma fi'n gweld dy dad yn sefyll ar sgwâr y dre. Yn synfyfyrio, fel pe bai ar goll. Wyneb cyfarwydd.

Fe briodon ni'r diwrnod ar ôl fy mhen-blwydd yn ddeunaw. Cefais yn dy dad beth o'r ymgeledd hwnnw y buaswn yn dyheu amdano; do, ni thâl i mi geisio gwadu hynny. Gwyddost erbyn hyn imi hefyd gael rhywbeth arall a ddeisyfwn yn fwy, sef modd i greu teulu newydd. Fy nheulu fy hun. Ond oherwydd popeth a ddigwyddodd yn ystod y blynyddoedd rhwng diwrnod ein priodas a noson dy eni, ac yn sgil yr hyn a wnaeth dy dad y noson honno, fe'm cefais fy hun yn gorwedd yn fy ngwely'r noson honno, a thithau'n fychan bach yn fy mreichiau, yn teimlo'n gwbl ddiymgeledd ac yn ei felltithio am fy nwyn i'r fath gyflwr.

Rwyf am dy arbed rhag y gwaethaf o'r hyn a ddywedodd wrth Elen Esra noson dy eni, y geiriau halltaf a glywais erioed. Aeth yn drech na hi a'i sgubo o'r ystafell, ond llwyddodd hi i dynnu'n rhydd o'i afael a throi'n ôl ataf, fy nal â'i llygaid gwyrddion a'r rheiny'n wlyb gan ddagrau, a deud:

'Mari fach, mi wyddost beth i'w neud – ei fwydo a'i gadw'n gynnes. Mi fydd o fyw i weld y bora, dwi'n sicr o hynny.'

Wedyn roedd dy dad yn cydio'n gadarn yn ei braich ac

yn ei thywys o'r llofft. Fe'u clywn yn mynd i lawr y grisiau, ei draed o'n curo'r pren yn drwm a hithau'n llusgo'i thraed yn ysgafn.

Dim byd wedyn ond sŵn y cloc yn tician a rhuo'r gwynt wrth i'r storom godi eto a dechrau cnoi ar do'r tŷ.

'Rho fo dan y gwely.'

Roedd dy dad yn sefyll yno yn f'ymyl, yn sibrwd y geiriau dan ei wynt fel na allwn eu clywed bron rhwng ubain y storom y tu allan a sŵn fy nghalon fy hun yn curo yn fy nghlustiau.

'Rho fo o dan y gwely, Mari.'

Ac er gwaetha'r sibrwd isel, mi ddisgynnodd y geiriau geirwon hynny'n drymach arnaf nag unrhyw beth a glywswn erioed o'r blaen, nag unrhyw beth a glywais ers hynny.

'Dan y gwely – dwi'n deud 'thach chdi.'

* * *

Gwyddwn fod hynny'n digwydd. O, mi wyddwn. Mae'n un o'r pethau hynny sy'n digwydd yn nhywyllwch bywyd – o'r golwg, ond yno. Gŵyr y sawl sy'n ddigon effro i ddarllen rhwng y llinellau a dehongli arwyddion, y sawl sy'n medru gwahaniaethu rhwng y gwir a'r gau, y sawl sy'n gallu gwahanu'r sïon maleisus a'r straeon arswyd di-fudd oddi wrth y stori ac arni sawr aflan y gwir.

'Dyna sy'n digwydd, Mari. Mae'n rhaid i ni. Rho fo o dan y gwely.'

* * *

Y *ni*. Dywedai'r gair bach hwnnw drosodd a throsodd. Rhaid i ni. Does gynnon ni ddim dewis. Y cwbwl sy angen i ni ei neud, mae'n ddyletswydd arnon ni, dyna roed i ni, mae'n rhaid i ni.

Rhaid i *ni*.

Ond doedd o ddim yn bwriadu i *ni* wneud y peth. Doedd gorfodi'r syniad arna i a thithau ddim yn ddigon ganddo. Roedd o hefyd yn gorfodi'i gyflawni arnaf – nid y *ni*, ond y *fi*.

Rho *di* o. Mae'n rhaid i ni, felly rho *di* o. Roeddwn eisiau iddo godi'i lais a gweiddi arnaf, gan obeithio y byddai hynny'n deffro Sara ac Elin, ac y byddai eu crio nhw'n rhoi taw arno. Dychmygwn y ddwy fach yn rhuthro o'u llofft atat ti a finnau – yn gwasgu atom, yn wahanfur rhyngom ein dau ag o. Roeddwn i mor wan, mor llesg. Yn ddiymgeledd. Byddai cyrff bychain cynnes dy chwiorydd yn ddigon i'n hamddiffyn, yn ddigon o gaerfa. Pe bawn i ond yn gallu codi 'mhen a galw arnynt.

Dim ond codi'i lais yn unol â'i arfer oedd angen iddo yntau ei neud. Wnaeth o ddim, dim ond sibrwd y geiriau tawel hynny a ddisgynnai fel cerrig trymion ar fy nghlustiau a'm calon.

'Mae'n rhaid inni, Mari.'

* * *

O ble y deuai cymorth i un y mae ei chorff yn rhy wan i ymladd, a'i hysbryd yn rhy lesg i wrthsefyll? Ym mha le y câi ymgeledd a neb yn cydwylio â hi?

Heb lais ar fy nhafod, heb nerth yn fy mraich, heb neb i'm cynorthwyo, doedd gen i ddim oll ond y geiriau a lechai yn fy nghof, y rhai roeddwn wedi tybio ar un adeg eu bod yn cynnig doethineb, dysg ac arweiniad.

> Awr o'th bur gymdeithas felys,
> awr o weld dy wyneb pryd
> sy'n rhagori fil o weithiau
> ar bleserau gwag y byd.

Os caf yn unig gyffwrdd â'i wisg, fe gaf fy iacháu.

Wele heuwr a aeth allan i hau. A darfu, wrth hau, i beth o'r had syrthio ar fin y ffordd, ac ehediaid yr awyr a ddaethant ac a'i difasant. A pheth a syrthiodd ar greigle, lle ni chafodd fawr ddaear, ac yn y fan yr eginodd am nad oedd iddo ddyfnder daear. A phan gododd yr haul, y poethwyd ef, ac am nad oedd gwreiddyn iddo, efe a wywodd. A pheth a syrthiodd ymhlith y drain, a'r drain a dyfasant ac a'i tagasant ef ac ni ddug ffrwyth.

Wrth drin y Blodeuyn a'r Ffrwyth, fe'i ceir yn fuddiol eu hystyried ar yr un pryd gyda golwg ar eu hadeiledd yn ogystal â'u ffisioleg . . . Er gwaethaf amrywiaeth eu ffurfiau allanol, amrywiaeth y sydd o'r bron fel pe bai'n ddiderfyn, mae adeiledd fewnol planhigion yn syfrdanol o syml ac unionffurf. Y mae bron y cwbl o gynhyrchion llysieuol y byd i'w cael oddi mewn i'r celloedd elfennol hyn, yr haen leiaf ac isaf hon sy'n ddeunydd crai pob planhigyn, boed y cynnyrch yn starts, yn siwgwr, yn sudd, yn llefrithyn.

Felly hefyd y gwenwyn; llecha hwnnw hefyd yn haen

isaf adeiledd planhigyn. Gwenwyn y genhinen, calon farwol Narsisws.

Cod dy galon, fy merch.

Daeth y geiriau i mi, do. Ond ni all geiriau achub bywyd.

* * *

Roedd hi'n dawel yn y diwedd. Doeddwn i ddim wedi sylwi a oedd y storom wedi gostegu ai peidio, wedi chwythu'i phlwc neu grwydro draw i aflonyddu ar drigolion eraill mewn rhan arall o'r ddaear. Ond mi sylwais ei bod hi'n dawel yn y diwedd.

Roedd dy dad wedi gadael, wedi llithro i lawr y grisiau yn anarferol o ddistaw ac ni fedrwn ei glywed. Mae'n debyg ei fod yn disgwyl yn dawel yn y gegin, neu'n cysgu ar y llawr o flaen y grât. Cysgu roedd dy chwiorydd hefyd. Roeddet tithau wedi ymdawelu – yn cysgu, mae'n rhaid. Ni chlywn ddim ond tician y cloc, yn treiddio trwy'r llawr pren tenau.

Dois o hyd i ddigon o nerth yn y diwedd. Digon o nerth i godi. Codais o'r gwely a mynd ar fy ngliniau yn ei ymyl.

Yna, rhoddais di o dan y gwely.

II

Dechreuaist grio.

Clywn dy lais yn codi o'r llawr dan y gwely. Dy lais bach croch yn swnian yn dawel ar y dechrau, yna'n chwyddo nes dy fod yn gweiddi nerth dy ysgyfaint bychan, bach. Gwnes ddwrn o'm llaw a'i roi yn fy ngheg, a brathu fy llaw rhag sgrechian. Brathu nes teimlo 'nannedd yn suddo i 'nghroen a'r gwaed yn rhedeg o 'ngheg.

Tawelodd dy grio. Ennyd arall a doedd o'n ddim ond rhyw igian bach, yn ddistawach na gwichian pren y gwely wrth i mi droi a throsi. Yn ddistawach na thician y cloc mawr a dreiddiai trwy bren y llawr.

Erbyn y diwedd, allwn i mo'th glywed o gwbl uwch gwichian y pren a thician y cloc – a churiad fy nghalon yn fy nghlustiau yn canu'n uwch na'r synau eraill i gyd.

* * *

Codais o'r gwely.

Plygais a chydio ynot. Dwi ddim yn cofio teimlo dim o'm llesgedd a'm poenau fy hun. Dim. Dim byd ond nerth yr ymwybod, y sylweddoliad fod gennyf y nerth i godi, plygu a chydio ynot.

Cydiais ynot yn sydyn, dy gipio oddi ar y llawr fel pe bawn yn d'ysgubo o fflamau tân oedd ar fin dy larpio. Yr eiliad nesaf roeddwn yn eistedd yno ar y llawr, fy nghefn yn pwyso yn erbyn y gwely, a thithau'n dynn yn fy mreichiau. Roedd fy llaw wedi gwaedu dros dy blanced, a sylwais fod y staen a grëwyd gan y gwaed yn dywyllach na'r smotiau bychain a adawyd gan hynny o waed geni na chawsai ei olchi i ffwrdd gan Elen Esra cyn iddi dy lapio a dod â thi at fy mron. Rhoddais di ar fy mron eto. Yno'r arhoson ni am yn hir iawn – ti'n sugno a minnau'n dy fagu ac yn dy fwydo.

Wn i ddim faint o amser oedd yna rhwng y ddwy weithred: codi o'r gwely y tro cyntaf hwnnw a chodi eto er mwyn dad-wneud yr hyn roeddwn wedi'i wneud. Hoffwn feddwl mai mater o eiliadau'n unig oedd o, ond mae'r cof sydd gen i am dy grio yn codi mewn cresendo ac yna'n araf dawelu eto yn awgrymu fel arall. Munudau, mae'n rhaid, nid eiliadau. Yn dyst hefyd roedd dyfnder y clwyf ar fy llaw – ôl fy nannedd fy hun, a theimlad a ddywedai fod yr asgwrn ei hun wedi'i gleisio. Mae pob un o'r munudau hynny, a phob eiliad o bob munud, yn warthnod ar fy enaid, yn ddwysach clwyf na'r un ar fy llaw, yn staen na olchir ymaith hyd dragwyddoldeb.

Ac felly mi fydda i'n ymarfer y stori hon bob dydd – yn ei hadrodd yn ddistaw y tu mewn i mi fy hun, yn ei chaboli a'i mireinio, yn paratoi ar gyfer y diwrnod y bydda i'n ei hadrodd wrthat ti. Ac yn dychmygu'r cyfan bob nos – ar ôl cau fy llygaid a chyn cysgu – y codi o'r gwely, y plygu a'th osod ar y llawr, y codi eto i blygu eto.

Estyn dwylo a'th godi, yn barsel byw wedi'i gipio o'r fflamau.

* * *

Fe gysgom ni'n dau rywbryd cyn i'r wawr dorri. Cyn hynny, roeddwn wedi dringo'n ôl i'r gwely, a thithau'n cysgu yno ar fy mron. Cawsom ein deffro gan Sara ac

Elin – y ddwy wedi rhuthro atom o'r llofft fach, a hynny cyn i'th dad sylweddoli beth oedd yn digwydd. Roedd o wedi syrthio i gysgu yn y gegin ers meitin, mae'n rhaid, a dim ond ar ôl i'w twrw nhw ei gyrraedd y deffrodd o – eu traed yn curo pren y llawr wrth i'r ddwy garlamu at y gwely, a hwnnw'n sboncian ar y llawr a gwichian wrth iddyn nhw neidio arno a chlosio aton ni'n dau. Eu lleisiau byrlymus yn galw, yn chwerthin, yn twt-twt-twtian ac yn chwi-chwi-chwiban drosot ti, eu brawd bach newydd.

Chodais i mo 'mhen pan glywais ei draed yn curo'n drwm ar y grisiau. Gwyddwn ei fod ar ben y grisiau, yn edrych i mewn trwy'r drws oedd wedi'i adael ar agor gan dy chwiorydd. Cadwn fy llygaid ar eich wynebau chi'ch tri. Roedd Elin wedi'i gosod ei hun yn fy ymyl, ac wedi troi er mwyn rhoi'i phen yn ymyl dy ben bychan di, fel pe bai am i mi gymharu'r ddau ben. Hongiai Sara ar f'ysgwydd, yn anwesu dy foch yn ysgafn â blaen ei bys.

Siaradais â'r ddwy heb godi fy llygaid oddi arnoch eich tri.

'Dyma fo, genod – eich brawd.'

'Ia, Mam. Mae o'n fach, 'tydi?'

'Ydi, 'nghariad i. Babi'r eirlysiau ydi o, ti'n gweld.'

'Fel 'yn bloda ni, ia Mam?'

'Ia, 'nghariad i. Yn union fel eich bloda chi.'

Ar y dechrau, dim ond un stori roedd arna i eisiau ei hadrodd wrthat ti – stori noson dy eni. Ond buan y gwelais na allwn ei hadrodd heb ystyried llawer o bethau eraill oedd wedi digwydd *cyn* y noson honno. Yn yr un modd, dydi hi ddim yn iawn ei thrafod heb ystyried llawer o bethau a ddigwyddodd yn ystod y blynyddoedd *ar ôl* y noson ei hun.

A ellir egluro penderfyniad a wnaethpwyd ar groesffordd heb ystyried yr holl daith hyd at y trobwynt hwnnw – y cyfarwyddiadau a'r cyngor a dderbyniwyd ar y ffordd, y blinder a bylodd fin rheswm? Yn yr un modd, a ydi hi'n bosibl gwerthfawrogi arwyddocâd y penderfyniad hwnnw heb ystyried yr effaith a gâi ar weddill y daith?

Ond doedd hyn ddim yn debyg i groesffordd, i'r dewis syml rhwng dau lwybr neu ddwy lôn. Nac oedd. P'run bynnag, mae a wnelo'r stori hon â dau benderfyniad. Codais o'r gwely er mwyn gwneud un peth, ac yna codais eto i wneud rhywbeth arall. Fel y mae'r ddwy weithred wedi effeithio'n drwm ar weddill fy mywyd, er da neu er drwg, felly hefyd y credaf nad oes modd eu deall heb wybod llawer am fy mywyd cyn y noson honno.

I'r perwyl hwnnw, mae'n rhaid i mi adrodd stori fach arall wrthat ti. Fe'i hadroddaf ar ffurf dameg.

Roedd yna hogan fach a oedd yn gryf y tu hwnt i'w maint a'i hoed. Roedd gan y ferch hon y gallu i herio holl rymoedd y byd. Fe ddymchwelai'r muriau mwyaf a adeilasid gan ddynion i'w chaethiwo. Chwalai'r rhwystrau anoddaf a osodasid ar ei ffordd gan ffawd. Pan âi pawb a gyd-deithiai â hi i ddrysni di-ildio o fieri a drain, gallai hi gamu'n ddianaf trwyddo fel pe na bai ond ychydig o niwl y bore.

Roedd yn hawdd adnabod ffynhonnell ei nerth. Tarddai ei holl rym o un arf benodol. Buasai'r arf hon yn ei meddiant ers iddi ddysgu siarad. Nid oedd yn ddim amgenach nag un gair bach syml – un cwestiwn bach:

'Pam?'

Roedd cymaint o'r byd a'r bywyd y ganed hi iddo yn dibynnu ar un egwyddor, sef y rhagdybiaeth na fyddai neb yn cwestiynu'r rheolau fel yr oeddynt. Ond trwy ddatgan y gair hwn ar yr adegau priodol, gallai hi greu tyllau mewn rheolau digwestiwn, a chraciau mewn trefn ddireswm. Saethai'r gair syml hwn o'i thafod fel ergyd o fagnel – ergyd na allai'r un amddiffynfa wrthsefyll grym ei thân.

Eithr fe'i trechwyd yn y diwedd gan fwystfil a elwid yn Gyfrwystra Bywyd. Ni allai'r bwystfil wrthsefyll yr ergyd, ond daeth hwnnw o hyd i ffordd arall o'i threchu: dysgodd hi i beidio â deud y gair bach 'Pam?' o gwbl. Fe wnâi'r bwystfil hynny'n raddol – o dipyn i beth – fel na sylwai hi bod ei harf a'i nerth yn cael eu diosg yn raddol oddi arni. Dangosodd iddi fod pobl eraill yn siarad yn wahanol iddi hi, gan wneud iddi deimlo na fyddai iddi le yn eu cwmni a'u cymdeithas pe bai'n defnyddio'r gair hwnnw o hyd. Fe'i harweiniai i feddwl y byddai llefaru'r gair hwnnw yn dod â mwy o boen, trafferth ac embaras iddi nag a ddôi o les.

Yn y diwedd, wedi iddo'i hargyhoeddi o'r pethau hyn, llwyddodd i'w dysgu i beidio â deud y gair bach o gwbl.

Ac, yn y diwedd, fe anghofiodd hithau'r gair.

* * *

Credaf i Nhad feithrin y pethau gorau ynof, gan gynnwys hynny o gryfder cynhenid a oedd gennyf. Fe'm hanogai i holi pan na ddeallwn rywbeth, a chwestiynu'r hyn na wnâi synnwyr i mi. Tawelai oedolion eraill yr ardal eu plant ag ebychiadau fel 'Dyna drefn y Bod Mawr, a dyna ddiwadd arni' – ond nid felly Nhad. Pan na fedrai roi ateb i mi, ymunai yn yr holi yn hytrach na cheisio rhoi taw arno:

'Ia, Mari, mae hwnna'n gwestiwn da! 'Sgwn i pam mae o felly?'

Mae'n wir nad oedd rhai o'r atebion a roddai imi'n gwbl ddiffuant. Er enghraifft, pan ddyfynnai'r ysgrythur er mwyn cyfiawnhau'r modd y gweithiai ar y Sul: 'Y Saboth a wnaethpwyd er mwyn dyn, ac nid dyn er mwyn y Saboth.' Gwn heddiw (a rhaid fy mod yn gwybod yn fy ffordd fach fy hun pan oeddwn i'n blentyn hefyd) nad oedd o'n credu yn ei galon fod yr adnod honno'n ateb fy nghwestiwn. Eto, doedd o ddim yn fy nhwyllo chwaith. Ffordd o ddeud oedd hi ei bod hi'n bosibl cwestiynu

94

unrhyw drefn – y drefn Gristnogol, yn yr achos hwn – trwy wasgu ar wahanol rannau ohoni. Chlywswn i mo Nhad yn trafod crefydd â neb arall erioed, ond mae'n sicr y gallai rhywun oedd yn hyddysg yn ei Feibl ddadlau ag o.

A dyna'r holl bwynt: mae modd dadlau.

Porthai Mrs Rowlands y reddf hon ynof hefyd, gan fy annog i astudio'r lluniau manwl yn ei llyfrau. Lluniau'n dangos y modd yr ymleda gwreiddiau planhigyn o dan y ddaear, neu'n darlunio'r gwahanol gamau mae hedyn yn mynd trwyddynt wrth dyfu. Y rhai a ddatgelai haen isaf yr adeiledd, y celloedd elfennol hynny sy'n fagwrfa starts, siwgwr, sudd a gwenwyn.

Felly hefyd yr adegau prin hynny pan drafodai Mrs Rowlands ei bywyd ei hun. Dysgais fod caethiwed y naill enaid yn rhyddid i'r llall – bod y ddihangfa ddiddiwedd a welai rhai yn y môr yn ddiflastod chwerw i un oedd wedi treulio blynyddoedd yn disgwyl am ŵr na ddychwelai o borthladdoedd pell.

Ond collais Mrs Rowlands fel y byddwn yn colli Nhad yntau. Am flynyddoedd cyn hynny buasai pobl eraill wrthi'n mygu pob cwestiynu a wnawn. Dysgwn yn yr ysgol fod pethau na ddylwn mo'u hamau. Dywedai plant eraill y dylwn dderbyn y gosodiad hwn neu'r ffaith honno – plant â gweinidogion ac athrawon ysgol Sul a mamau a thadau yn gefn iddynt, plant a nofiai fel pysgod ym moroedd eu teuluoedd, a'r perthnasau lu hynny oedd yn eu dysgu i barchu rheolau cymdeithas.

Ac yna, yn fuan ar ôl i ni briodi, dechreuodd dy dad yn ei ffordd ei hun ladd hynny o gwestiynu oedd ar ôl ynof. Atebai gwestiwn â chwestiwn, ond nid yn null fy nhad. Pan ofynnwn 'Pam felly?', ei ateb fyddai: 'I be? Pam dach chi'n gofyn? I be dach chi'n gwastaffu ana'l ar gwestiwn fel'na? I be, Mari, i be?'

A thrwy ddysgu i mi beidio â chwestiynu, fe'm dysgai o dipyn i beth i ufuddhau.

Dyna sut y codais o'r gwely y tro cyntaf hwnnw.

Ufuddheais.

* * *

Mae yna gwestiwn y dylwn ei ofyn i mi fy hun: sut ar wyneb y ddaear y gellais gyd-fyw dan yr unto ag o ar ôl y noson honno? Ond dyna ni, mae hwnna hefyd yn gwestiwn oesol: sut mae cynifer o wragedd yn byw cyhyd gyda ffynonellau eu poen ac awduron eu trasiedi?

I ble'r awn i? A minnau'n glwm yn rhwymau cariad i ti a'th chwiorydd, doedd o ddim hyd yn oed yn gwestiwn.

Mae'n ddigon deud ein bod wedi dod i ddealltwriaeth, dy dad a minnau. I raddau helaeth iawn, teimlwn fod y ddealltwriaeth honno wedi'i llunio ar fy nhelerau innau hefyd. O'r eiliad y daeth o i'r llofft y bore hwnnw a'n gweld ni yn y gwely – ti yn fy mreichiau a Sara ac Elin bob ochr inni, yn closio atom – gwyddwn fod gen i ynoch chi graig na fedrai dy dad mo'i syflyd. Carreg sylfaen oedd y graig honno, carreg sylfaen trefn newydd ein bywydau.

Cadwai dy dad ato fo'i hun i raddau helaeth, yn symud yn ddistaw o lech i lwyn o gwmpas y tŷ. Gwnâi fwy i'm cynorthwyo nag erioed o'r blaen, gan ymgymryd â thasgau na wnâi cyn hynny – cario glo a grug at y tân bob dydd, llenwi'r piser a'r jwg â dŵr glân, godro'r fuwch, hyd yn oed. Y cyfan heb i mi ofyn iddo.

Unwaith y cwynodd yn ystod y dyddiau cyntaf hynny. Dim ond unwaith. Ar ôl iddo ddod adref o'r chwarel un gyda'r nos, wedi iddo fwyta'i swper. Roeddwn wedi bod yn dy fwydo yn y llofft ac wedyn wedi d'osod yn dy grud yn ymyl y gwely a cherdded yn ddistaw i lawr i'r gegin. Dechreuaist grio'r eiliad y cyffyrddodd fy nhroed â'r llechen ar waelod y grisiau. Trois ar fy sawdl, ond daeth llais dy dad i'm hatal,

'I be, Mari? Gad iddo grio.'

'Mae o'n crio isio bwyd.'

'Gad iddo grio, wir. Mae 'na grio mewn poen ac mae 'na grio mewn cythral, a chrio cythral ydi hwnna.'

'Be wyddoch chi am grio babi, Tomos Jones?'

Adewais i ddim iddo rannu gwely â mi byth wedyn. Cysgai Sara ac Elin yn y llofft fawr efo chdi a fi, y ddwy fach wedi'u sodro yn y gwely dwbl. Cysget tithau yn y crud yn ein hymyl, fel rheol, ond byddwn i'n pendwmpian yn aml ar ôl iti fynd i gysgu ar fy mron, a'r adegau hynny byddem ein pedwar yn rhannu'r un gwely.

Dyhewn am y nos – y pedwar ohonom yn swatio efo'n gilydd, a'r llofft yn llenwi â chynhesrwydd ein cyrff. Gorweddwn yno am yn hir yn gwrando ar y gwahanol synau, yn ymgolli yn rhythmau cymysg eich anadlu a siffrwd ysgafn y dillad gwely wrth i chi droi yn eich cwsg. Dwi ddim wedi profi dim byd tebyg i'r dedwyddwch hwnnw. Cysgai dy dad yn y llofft fach, yn hen wely Sara ac Elin.

Doedd ganddo ddim hawl o unrhyw fath yn y byd arnat ti yn ystod y cyfnod hwnnw. Roeddwn wedi dy feddiannu o'r eiliad y codais di oddi ar y llawr, ac nid ar chwarae bach yr oeddwn am ildio tamaid ohonot. Rhoddais dy enw iti, rhywbeth na ddywedodd dy dad ddim yn ei gylch. Mynnais roi iti gyfenw fy nhad – Evans – yn hytrach na'i syrnâm o. Fi a ddewisodd dy enwau cyntaf hefyd:

Asa Gray Evans.

Ni allwn newid arferion pobl eraill, ac felly daeth rhai yn yr ardal i'th alw'n Asa Jones. Ond nid yn aml y clywid unrhyw ffurf ar dy enw llawn y tu allan i'n cartref ni: 'Asa Bach' oeddet ti ar lafar gwlad cyffiniau'r Fron Uchaf.

Fy Êsa bach i.

Mi *oeddet* ti'n fach iawn hefyd. Wn i ddim beth oedd i gyfrif am hynny, ai'r ffaith iti ddod i'r byd hwn yn rhy gynnar ynteu'r hyn a etifeddaist yn dy gyfansoddiad. Er bod dy dad yn ddyn eithaf mawr o gorffolaeth, roedd fy nhad i'n ddyn cymharol fyr, ond yn gryf iawn. Hoffwn feddwl dy fod yn fach gan dy fod yn tynnu ar ôl dy daid. Roedd osgo dy gorff wastad yn gwneud iti edrych yn llai byth, dy ben yn gwyro i'r ochr dde ac ar i lawr ychydig.

Ond doedd dy goes di ddim yn gam, wedi'r cwbl, diolch i'r drefn. Arhosodd felly, braidd, am rai dyddiau ond wrth i ti ei sythu a'i symud, ei chicio a'i hymestyn, daeth yn syth fel y goes arall. Rhaid ei bod wedi'i hanffurfio dros dro gan amgylchiadau dy eni. Wn i ddim. Chafwyd dim cyfle i holi ar y dechrau, a doedd hynna byth yn bwysig pan awn â thi i weld y meddyg gan fod gennym bethau eraill i holi yn eu cylch. Nid y doctor y bu Elen Esra yn ei ddilorni, ond y meddyg yr aem i'w weld flynyddoedd yn ddiweddarch ym Mangor. Dywedodd mai *kyphosis* yw'r enw ar y fath gyflwr.

Roedd gan rai o blant y Fron Uchaf enwau eraill amdano, ond anaml iawn y bu'n rhaid i ti glywed y ffasiwn hylltod, diolch i'r drefn; diolch yn bennaf i Sara dy chwaer ac i Gruffydd, mab Beti Ifans. Roedd y ddau'n ffrindiau pennaf gydol eu plentyndod, a chyda ffolineb dychymyg mam, roeddwn i'n siŵr y byddent yn priodi ryw ddiwrnod. *Thick as thieves*, fel y dywedodd yr ysgolfeistr un tro.

Y plentyn olaf i'th bryfocio ynglŷn â dy gefn – o leiaf, yr olaf i mi wybod amdano – oedd Albert, mab y stiward. Daeth Gruffydd o'r tu cefn iddo a gafael yn dynn yn ei freichiau a'i ddal felly er mwyn i Sara gael ymosod arno. Dywedodd Elin y cyfan wrthyf; roedd hi yno'n gwylio, fel y byddai hi o hyd, yn llygaid ac yn glustiau i gyd. Ac yn gof i gyd, yn barod i adrodd hanes helyntion ei chwaer fawr i mi mewn manylder. Dywedodd Elin fod Sara wedi dyrnu mab y stiward drosodd a throsodd – nid rhoi swadan iddo â chledr ei llaw, ond ei fwrw'n galed â'i dwrn, eto ac eto ac eto. 'Fel Joseff Dafis y Paffiwr,' meddai Elin. Dywedodd hefyd fod golwg y diawl ar wyneb Albert wedyn: 'Mi wnath Sara stwnsh o'i drwyn a'i geg o, Mam.'

Gwyddwn yr ofnai dy dad y câi drafferth gan y stiward yn y chwarel, ond soniodd o 'run gair am ei bryder wrtha i. Ddywedodd y stiward ddim gair am y peth, chwaith; o leiaf, ddim i mi wybod. Mae'n bosibl nad oedd gan ei fab yr wyneb i ddeud ei fod wedi cael cweir gan hogan flwyddyn yn iau nag o. Mae hefyd yn bosibl fod y stiward yn decach dyn na'r hyn a honnai rhai pobl. Chlywais i ddim fod neb wedi gwneud hwyl am dy ben di ar ôl hynny, beth bynnag.

Byddaf yn cofio geiriau'r hen gân honno weithiau:

> Mor fwyn a thyner,
> mor fwyn a thyner
> yw mwynder cariad chwaer.

Dychmygwn glywed llais tenor da, tebyg i lais William Samuel pan ddeuai i ganu yn y Gylchwyl, yn canu'r geiriau hiraethlon wrth feddwl am Sara yn cleisio'i dyrnau ar wyneb mab y stiward. Dylwn deimlo'n euog am wenu ar gorn y fath beth, ond fedra i ddim. Mae gwên gyfrinachol fel yna ymysg pleserau cudd bywyd.

Dwi wastad wedi meddwl bod dy osgo gwargam yn rhan o'th anwyldeb. Cymaint â phob rhan arall ohonot, cymaint â'th lygaid brown meddal, a'r modd y byddi di'n troi dy wefusau mewn ystum sy'n hanner gwên wrth ddwys ystyried rhywbeth. Ac mae'n dwysáu'r teimlad dy fod yn craffu'n ofalus ar bopeth, yn astudio ac yn ystyried mewn modd na welir dyn cyffredin yn ei wneud. Mae'n ddrwg calon gen i gyfaddef hyn, a finnau'n gwybod cymaint o boen gaet ti ar adegau. Y poenau cefn llethol hynny sy'n dod bob hyn a hyn, hyd heddiw. Yn wir, mi wn dy fod mewn poen y rhan fwyaf o'r amser ond dy fod yn rhy ddewr i sôn amdano.

Weithiau daw pwl drosot na fedri mo'i guddio. Pan oeddet ti'n blentyn, mi fyddwn yn dy gario i'r llofft ac yna'n dy osod ar dy ochr yn y gwely, a rhoi gobennydd rhwng dy goesau gan ein bod wedi dysgu bod hynny'n lleddfu'r poen ychydig. Awn innau ar fy ngliniau yn ymyl y gwely a rhoi fy llaw ar dy dalcen, a'i fwytho'n ysgafn gan obeithio y byddai fy nghyffyrddiad yn tynnu peth o'th sylw oddi ar y boen. Allet ti ddim cuddio'r trafferth a gaet yn anadlu ar adegau, chwaith – y tynnu caled ar dy wynt fel pe bait ar fygu, a golwg tebyg i ddychryn yn dy lygaid. Deallais gan y meddyg hwnnw ym Mangor nad oedd y tro yn dy gefn yn gadael digon o le i'th ysgyfaint weithio'n iawn. Dywedai wrthym nad oedd dim y gallem ei wneud, dim ond gadael i ti orffwys a disgwyl i'r cyfyngder fynd.

* * *

Mae'n gas gen i gyfaddef rhywbeth arall hefyd. Rhown y byd yn grwn am allu dy arbed rhag y pyliau poenus hynny oedd yn aflonyddu cymaint arnat, ond eto roeddwn yn mwynhau'r cyfle i gael eistedd yn y llofft efo chdi – ar ôl i'r poenau gilio rhywfaint, pan fyddet yn gorwedd yn dawel yn fy ngwely a minnau'n anwesu dy dalcen. Roedd yn atgof o'r cyfnod pan oedd y pedwar ohonom yn rhannu'r un llofft.

Bu'n rhaid i ti ymadael â'r llofft fawr yn y diwedd. Ceisiwn dy gadw efo ni ar ôl i ti fynd yn rhy fawr i'r crud, ond doedd y gwely ddim yn ddigon mawr i'r pedwar ohonom. Roedd Sara ac Elin yn tyfu hefyd; doedd gen i ddim ddewis ond gadael i ti fynd i'w hen wely nhw yn y llofft fach drws nesaf. Mynnais fod dy dad yn cysgu ar lawr y gegin ar y dechrau, a dyna a wnâi. Codwn o'r gwely nifer o weithiau bob nos er mwyn sefyll yn y drws ac edrych arnat. Doedd o ddim yn beth anghyffredin, chwaith, imi ddeffro a gweld Sara neu Elin yn gwneud yr un fath.

Ond un tirion fuost ti erioed, ac felly'n fuan ar ôl i ti ddysgu siarad, dechreuaist erfyn ar dy dad i ymuno â thi yn y llofft fach. Roeddet ti'n teimlo drosto, yn cysgu ar y llawr o flaen y grât tra oedd y pedwar ohonom ni'n glyd mewn gwely. Erfyniet arna innau hefyd – erfyn arna i i adael iddo ddod atat. Dechreuais boeni y byddet ti'n meddwl fy mod yn un ddideimlad a chaled. Doedd gen i ddim dewis yn y diwedd ond cydsynio.

Fe'ch clywn yn y nos weithiau, a hefyd yn y bore. Yn siarad, yn chwerthin. Yn rhannu jôc, yn rhannu cyfrinach. Cenfigennwn at dy dad, gan edliw iddo'r agosrwydd hwn. Pob noson o gyfrinachau nad oedd ganddo'r hawl iddi. Pob bore o gyd-ddeffro i ddiwrnod arall na ddylai gael ei fwynhau. Y bywyd nad oedd ganddo hawl arno.

Ond byddwn yn dy feddiannu o'r newydd bob bore – o'r eiliad y deuet i lawr y grisiau i gael tamaid o frecwast.

Byddwn yn ymhyfrydu yn ymadawiad dy dad am y chwarel, a'r ymwybod cynnes, braf hwnnw y byddet yn fy ngofal i wedyn nes y byddech chi'ch dau'n mynd i gysgu eto'r noson honno.

Pan ddaeth hi'n bryd i mi dy ildio am gyfran o'r diwrnod, byddwn yn cerdded efo chi'ch tri tuag at yr ysgol, rhywbeth y cwynai Sara lawer yn ei gylch ar y dechrau a hithau wedi arfer cerdded ar ei phen ei hun, heb ei mam, fel y rhan fwyaf o'r plant. Mwynhâi Elin y cyfle i sgwrsio, a byddai'n adrodd straeon ac yn trafod yr hyn fyddai'n debygol o ddigwydd y diwrnod hwnnw. Cydiai yn fy llaw am o leiaf ran o'r daith; weithiau, byddet ti'n dal y llaw arall. Ychydig o'n blaenau y byddai Sara y rhan fwyaf o'r amser, ond arafai ei cherddediad bob hyn a hyn pan fyddai Elin yn adrodd rhyw stori roedd Sara'n awyddus i'w chlywed (neu i dawelu Elin os oedd ganddi hi, Sara, ran ganolog yn y stori – a'r rhan honno'n llai na chlodwiw).

Er nad oedd gennyf foethusrwydd amser hamdden, roedd gennyf fwy na'r rhelyw o wragedd a adwaenwn gan fod dy dad yn dal i wneud y dyletswyddau ychwanegol roedd wedi dechrau ymgymryd â nhw yn y cartref yn sgil dy enedigaeth. Felly, ar ôl eich danfon chi bob cam i'r ysgol, awn am dro yn aml ar foreau braf. Awn yn ôl i lawr y lôn heibio'n cartref ac ymlaen wedyn drwy'r pentref, heibio'r tyddyn a fuasai'n gartref i Nhad a finnau. Heibio Tyddyn Eifion a'r gors, a throi i'r chwith wrth gyrraedd y groesffordd, gan gymryd Lôn Allt Lwyd. Doedd yr hen lôn ddim ond megis llwybr defaid, bellach, ond fe'i dilynwn yr un fath, trwy'r pant oedd yn gyforiog o eithin ac yn ddistaw ar wahân i gân ambell gornchwiglen. Yna i fyny ael bryncyn arall nes dod i olwg adfeilion Plas Uchaf, yno ar lethr y bryn yr ochr draw i'r pant nesaf.

Fu neb yn byw yno ar ôl i Mrs Rowlands farw. Clywais fod rhai o blant hŷn y Fron Uchaf yn mynd yno weithiau i chwarae – malu'r hen ddrysau a mentro i'r tywyllwch y tu mewn. Anturio. Daeth i'm meddwl bryd hynny y dylwn innau wneud yr un peth – mynd i weld a oedd rhywfaint o hud Mrs Rowlands wedi aros o gwmpas y tŷ a'r gerddi. Ond allwn i ddim wynebu'r daith yno ar fy mhen fy hun, a feiddiwn i ddim gofyn i Nhad i ddod efo fi. Roedd yn ymddangos fel cabledd, fel agor bedd i astudio esgyrn mewn arch.

Tua blwyddyn ar ôl i Mrs Rowlands farw, llosgwyd Plas Uchaf yn ulw. Dywedai rhai mai trempyn neu sipsiwn a oedd yn gyfrifol, wedi torri i mewn i aros y nos a chynnau tân a hwnnw wedi lledu. Credwn i mai'r hogiau a wnaeth, y rhai a aethai yno i chwarae – ar ôl mynd yn ddigon hy i dorri drws tŷ nad yw'n eiddo i chi, beth sy'n eich cadw rhag cynnau tân yno hefyd?

Weithiau byddwn yn cau fy llygaid wrth gyrraedd ael y bryn ac yn sefyll yno am ennyd yn dychmygu'r hyn a welswn yn yr hen ddyddiau: y tŷ, waliau'r ardd gaerog ar un ochr a'r coed mawr yr ochr arall, a'r gerddi bychain mewn lleiniau ar yr allt o flaen y drws. Ond yna agorwn fy llygaid a gweld yr adfeilion: tomenni bychain lle safai'r tŷ, a'u lliwiau'n glytwaith, yn gymysgedd o lwydni'r hen gerrig a gwyrddni'r dalan poethion a'r mieri a dyfai drostynt. Roedd distyn pren mawr i'w weld yn codi o un o'r tomenni hyn, yn ddu fel lludw ond yn solet ei olwg er gwaethaf dinistr y tân a'i fynych wlychu gan law. Codai'r distyn ar ogwydd, fel hwylbren llong a droesai ar ei hochr wrth suddo. Roedd ffurfiau hen wlâu'r gerddi i'w gweld yn glir, y lleiniau hirsgwar wedi cadw eu siâp er gwaetha'r rhedyn a'r gwair uchel a'u cuddiai. Daethai cyfran sylweddol o wal yr ardd fawr i lawr gyda wal y tŷ yn sgil y tân, ond roedd pen pellaf hen gastell fy nhad yn sefyll – y darn a'r drws bach pren gwyn ynddo – er bod y drws wedi hen fynd.

Nodwedd amlycaf Plas Uchaf bellach oedd y goeden gas-gan-fwnci. Felly mae hi hyd heddiw. Y goeden honno â'i phigau gwyrdd, ei rhisgl ysgythrog a siâp ffantasïol ei changhennau, sydd mor wahanol i holl goed eraill yr ardal. Dyna'r peth cyntaf a welwn pan agorwn fy llygaid yn ystod yr ymweliadau hynny: y gawres fawr bigog yn sefyll yno, yn ei lordio hi dros adfeilion meirwon Plas Uchaf, yn fwy blin yn ei hunigedd nag y bu erioed pan oedd yr ardd yn ei hanterth, a holl gorachod bach lliwgar ei llys yno i'w haddoli.

Sylwn wrth agosáu nad oedd y cwbl o gynnwys yr hen wlâu wedi diflannu. Yno, yng nghanol y gwair a'r rhedyn, gwelwn resi o riwbob gwydn a llwyni mafon yn stryffaglu byw er gwaetha'r mieri a'r cacimwnci a'u tagai. Byddwn yn oedi yno yn yr haf ac yn bwyta'r ffrwyth. Roedd y coed mawr yno o hyd, hefyd – yn dderw, yn fasarn ac yn fedw – er bod rhai o'r coed ynn wedi disgyn a brwgaets wedi tyfu i lenwi llawer o'r lle agored rhyngddynt.

Fyddwn i byth yn cerdded dros gerrig y tŷ a'r darnau hynny o wal yr ardd oedd wedi dymchwel. Awn draw at yr adwy yn ochr bellaf y mur, a dychmygu 'mod i'n agor y drws a beintiwyd yn wyn gan fy nhad. Roedd y llwybrau wedi diflannu o dan y gwair a'r chwyn, ond weithiau gallwn glywed y gro'n crensian dan fy nhraed yn y mannau hynny lle nad oedd y tyfiant mor drwchus. Es ar fy ngliniau unwaith a thynnu'r gwair nes dod o hyd i batshyn bach o ro gwyn. Codais ychydig ohono a'i roi ym mhoced fy ffedog; mae yno ar y bwrdd bach yn ymyl fy ngwely o hyd. Er bod mieri, dalan poethion a drain wedi disodli'r rhan fwyaf o'r blodau fyddai'n harddu'r ynysoedd rhwng y llwybrau, mae sawl camelia i'w gweld o hyd, eu blodau gwyn a choch yn ymddangos uwchben y chwyn yn eu tymor, yn cynnig ychydig o liw i anhrefn gwyrdd adfeilion yr ardd. Un tro, hefyd, dois o hyd i rai o'r rhosod ar hyd tamaid o'r wal nad oedd wedi dymchwel. Roedd lafant yno o hyd, yn amlinellu ffin ynys gron y goeden gas-gan-fwnci, er bod rhedyn a mieri yn bygwth mygu'r planhigion a dendiwyd gan fy nhad.

Deuwn â chynnyrch adref efo mi weithiau. Mafon. Rhiwbob. Pwysi o rosod. Es â rhaw yno un tro a chodi un o'r planhigion lafant. Fe'i cludais yr holl ffordd adref; dyna'r un sy'n sefyll yng nghanol ein gardd fach ni hyd heddiw. Byddaf wrth fy modd yn rhedeg fy llaw trwy'r blodau piws. Cydio yn un ohonynt a'i wasgu, ac wedyn codi 'mysedd a'u harogli. A dychmygu sent lafant Mrs Rowlands.

Dois â rhai o gennin Pedr Plas Uchaf a'u plannu yma hefyd, er bod gennyf ddigon ohonynt yn yr ardd yn barod.

Ond does dim raid i mi ddisgrifio adfeilion Plas Uchaf i ti. Rwyt wedi'u gweld â'th lygaid dy hun – y tomenni, i gyd ychydig yn wahanol o ran siâp a maint, yn gymysgedd o lwyd a gwyrdd, yn gerrig ac yn ddalan poethion ac yn fieri. A'r distyn du hwnnw, yn codi i'r awyr. Y lleiniau hirsgwar ar yr allt, a hynny o furiau'r ardd sydd ar ôl, a'r goeden gas-gan-fwnci yn teyrnasu uwchlaw'r cwbl. Buost efo fi hefyd trwy'r adwy lle byddai'r drws gwyn gynt. Gwelaist flodau'r camelia'n herio'r brwgaets a'r chwyn sy'n ceisio'u cuddio rhag y byd. Heriaist tithau'r drain a'r mieri, gan estyn dy fraich i dynnu afal oddi ar un o'r coed bychain. Safet o dan y gawres werdd a syllu i fyny ar blethiad ei breichiau troellog.

Na, ni raid i mi adrodd llawer o hyn wrthat ti; mi wyddost dipyn go lew yn barod. Dwi wedi adrodd y straeon droeon wrthych chi'ch tri – nes eu bod wedi mynd yn eiddo i chithau hefyd. Hanes fy mhlentyndod, straeon am fy nhad, am Mrs Rowlands a Phlas Uchaf, yr hyn a gofiaf am Modryb Sarah. Mi wyddost y cwbl yn barod.

Ond dwi angen datgelu'r hyn *na* wyddost am noson dy eni ac am y blynyddoedd a ddaeth wedyn, a fedra i ddim adrodd y straeon hyll hynny heb ailadrodd o'r newydd lawer o'r hanes cyfarwydd hwn. Mae'r cyfan wedi'i blethu ynghyd, yn llinynnau na ellir eu datod o'r gwead.

Teimlaf fod gwerth yn yr ailadrodd hefyd. Mae'n fodd i mi roi trefn ar y cwbl yn fy mhen fy hun, a daw cofio –

cofio o fath arall – yn sgil y drefn honno. Fel cofio pam y
denwyd fi'n syth gan wyneb dy dad ar sgwâr y dre
ddiwrnod y ffair. Cofio'r amgylchiadau, cofio'r cymhelliad
cudd na fynnwn ei gydnabod ar y pryd.

Daw manylion annisgwyl am atgof hefyd, weithiau,
wrth ailadrodd. Mae cofio'r modd y doist ti'n gydymaith
i mi un tro i weld adfeilion Plas Uchaf yn dod ag atgof
bach arall yn ei sgil. Canol haf oedd hi, tua 1909 neu
1910. Roeddet ti'n ddeg neu un ar ddeg oed a finnau o
gwmpas pymtheg ar hugain. Awgrymais ein bod yn
eistedd ar dop yr allt er mwyn cael ein gwynt atom.
Roeddwn i'n poeni dy fod wedi cerdded digon fel roedd
hi, ac y dôi un o'r pyliau caeth hynny a'i gwnâi hi'n anodd
iti anadlu. Ond roeddet yn anadlu'n rhwyddach na fi ar
ôl inni gyrraedd y lle, ac yn daer eisiau mynd ymlaen, am
ruthro trwy'r adwy a chamu i ganol teyrnas ddirgel yr hen
ardd.

Wrth i ni wneud ein ffordd ar hyd y llwybrau na allem
eu gweld, a finnau'n gofyn i ti a allet ti glywed y gro gwyn
yn crensian o dan dy draed er gwaetha'r gwair a'i cuddiai,
oedais yn ymyl un darn o'r ardd. Roedd hon ymysg y
mwyaf lliwgar o'r holl ynysoedd bychain yn yr hen
ddyddiau, gyda chymysgedd o hocys, dahlias, bidoglysiau
a cheilys yn gwau trwy'i gilydd mewn rhesi cymysg o
flaen llwyni o rosod amryliw, eu blodau gwyn, coch a
phinc yn codi'n dalog uwchben offrymau llachar y
planhigion eraill. Cofiais yr eiliad honno weld fy nhad ar
ei bennau gliniau yno. Roedd wrthi'n plannu blodau
mewn rhes oedd yn derfyn rhwng y llwybr a'r ynys.
Planhigyn na welswn erioed o'r blaen oedd o, â chlystyrau
bychain o flodau melyn ar goesau hynod denau, a llawer
o ddail cul, hir, hanner ffordd rhwng pinnau coeden

binwydd a dail rhedyn bychan. Pan es yn fy nghwrcwd yn ei ymyl, trodd Nhad ataf ac egluro:

'Plucen felen, Mari. Roedd Mrs Rowlands yn meddwl y byddai hwn yn creu ffin fach wahanol. Mi drefnodd i rywun o'r dre fynd i'w nôl o lan y môr, ac mi ddaeth i fyny efo'r frêc y bora 'ma. Does gen i ddim llawar o dywod yma ond mi rois ddigon o galch yn y pridd gan obeithio y bydda hynna'n ei helpu i gydio. Gawn ni weld, yndê?'

Y diwrnod hwnnw efo chdi, es yn fy nghwrcwd yn y fan a'r lle er mwyn craffu'n well. Wedyn es ar fy mhennau gliniau a chribo drwy'r gwair a'r chwyn â'm llaw. Chwiliais, ond doedd dim golwg o'r blucen felen. Roeddet ti wedi crwydro o 'mlaen i, yn chwilio am ffrwythau cudd yn y perthi pigog, ond doist yn ôl ataf. Sefaist yno am yn hir cyn deud dim, ac wrth gofio'r diwrnod rŵan, dychmygaf dy fod yn dilyn fy llaw â'th lygaid wrth i mi chwilota drwy'r gwyrddni – fel pe bait tithau'n ceisio dod o hyd i'r hyn y chwiliwn i amdano. Dy lygaid meddal yn effro i gyd a'r olwg fyfyrgar honno ar dy wyneb fydd yn dy feddiannu pan fyddi'n ceisio datrys problem neu bos.

Siaradaist yn y diwedd.

'Be welwch chi, Mam?'

Sefais, ac estynnaist law i'm helpu, er i mi ddeud nad oedd raid.

'Dim byd, Asa. Dim ond chwilio am rwbath oedd yno 'stalwm ro'n i.'

'Be, Mam?'

'Plucen felen blannwyd gan dy daid. Planhigyn o lan y môr.' Cydiais yn dy law ac fe gychwynnon ni gerdded yn ein blaenau unwaith eto.

'Awn ni i lan y môr i chwilio am blucen felen ryw ddiwrnod, Asa. Dwi'n siŵr yr hoffet ti gael teithio chydig.'

'Hoffwn, Mam. O hoffwn. Mi a' i i lan y môr ryw ddydd. Ac mi a' i'n bellach na hynny hefyd.'

Roedd y sgwrs ar ben wedyn, a thithau'n ymbalfalu trwy gors o fieri, yn gwbl ddi-hid o'u bysedd miniog, yn ymestyn am ffrwyth oedd wedi dal dy lygad, neu blanhigyn nad oeddet wedi'i weld erioed o'r blaen.

* * *

Aem am dro ein pedwar bob hyn a hyn hefyd. Cerddai Elin wrth fy ochr, yn mwynhau'r cyfle i sgwrsio am ddigwyddiadau'r wythnos. Byddet ti gwpl o gamau o'n blaenau, yn ymuno yn y sgwrs yn achlysurol pan nad oedd dy feddwl yn crwydro. Brasgamai Sara o flaen pawb, fel arfer, yn dangos ei bod yn gwybod y ffordd ac yn arddel ei hannibyniaeth.

Un tro, cofiaf Sara'n oedi y mymryn lleiaf cyn rhuthro trwy'r adwy lle bu'r drws gwyn er mwyn sicrhau ein bod ni'n ei dilyn i'r anialwch gwyrdd yr ochr arall i'r wal. Yn y gwanwyn, arferai ymfalchïo mai hi fyddai'r gyntaf i ddarganfod camelia yn pipian drwy'r brwgaets; ddiwedd haf, heriai'r drain a'r mieri wrth estyn ei braich i gael gafael ar afal. Byddet yn mynd efo hi weithiau i gasglu ysbail y byddech yn ei fwyta neu'n ei frolio, ond y tro hwn sefaist ar dy ben dy hun ynghanol y tyfiant uchel, yn chwilio am blanhigion nad oeddet wedi'u gweld o'r blaen. Doist o hyd i ddahlia a lechai yng nghanol un o'r hen ynysoedd, a sefyll yno am hydoedd yn astudio'r dail delltog a'r blodau magenta. 'Coch Lerpwl', chwedl Nhad.

Roedd Elin yn cerdded o amgylch yr ynys gron yng nghanol yr ardd yn adrodd y rhigwm bach hwnnw roedd hi wedi'i gyfansoddi yn ystod rhyw ymweliad blaenorol:

'Cas gan fwnci, cas, cas,
Yn tyfu ger y plas, plas;
Y mwnci dda'th, a dwy gath,
Ond eu sbeitio nhw a wnath.'

Yna doist ti o ganol dy ymchwil i ymuno â hi, ond yn hytrach na martsio o gwmpas y cylch a llafarganu efo dy chwaer, arhosaist yno'n llonydd, d'ysgwyddau wedi'u plygu ychydig er mwyn troi dy ben mewn modd fuasai'n dy alluogi i edrych i fyny ar y goeden. Sefaist yno am yn hir o dan y gawres werdd, yn syllu ar ryfeddod plethiad ei breichiau pigog. Bu'n rhaid i mi dy lusgo oddi yno yn y diwedd.

'Ty'd, Asa. Mi frifi di dy hun wrth droi dy ben fel'na.'

Ceisio dy hudo wedyn i ran arall o'r ardd:

'Ty'd i chwilio am y blucen felen a blannodd dy daid ar hyd y llwybr draw fan'na.'

Mi es yn aelod llawn yn y capel o'th herwydd di. Mae'n rhaid i mi gyffesu hynny, er na fynnwn i ti deimlo euogrwydd o unrhyw fath yn y byd. Es yn gapelwraig er fy ngwaethaf fy hun. Roeddwn i'n teimlo rywsut 'mod i'n amharchu rhywbeth fuaswn i wedi'i rannu efo Nhad. Cyn cyrraedd oedran gwraig, ro'n i wedi penderfynu 'mod i'n tynnu ar ei ôl o cyn belled ag roedd crefydd yn y cwestiwn. Ceisiwn dy fagu dithau yn yr un athrawiaeth.

'Câr dy gymydog, Asa, dyna'r cyfan sy'n bwysig ar ddiwedd y dydd – hynna a'r ymdrech i ddod o hyd i Dduw ble bynnag y mae, a'i garu fo yn dy ffordd dy hun.'

Ond gan na allwn gynnig llawer o deulu iti y tu hwnt i'n haelwyd bach ni, a chan na allwn gynnig etifeddiaeth faterol fyddai'n esmwytho dy ffordd, penderfynais droi at y capel gan obeithio y byddai hwnnw'n darparu rhywfaint o ymgeledd i ti. Ymgeledd a chyfle am fywoliaeth. Roeddet ti'n blentyn mor glyfar, ac roeddwn i'n gobeithio y caet fynd yn weinidog. Dilyn gyrfa na ddibynnai ar lafur corfforol caled. Mae'n siŵr y dywedet fod peth rhagrith yn y dyhead hwnnw, a finnau'n dy ddychmygu'n weinidog er na allwn gredu yn fy nghalon bopeth a glywswn o'r un pulpud erioed. Ond dyna ni. Credaf fod teigres y tu mewn i bob mam, un sy'n gallu codi ar amrantiad i amddiffyn ei phlentyn pan fo angen. Gall ddangos ei chrafangau a chwffio hyd at waed os bydd rhaid. Cysgodd y deigres am ennyd yn ystod noson dy eni di, ond rwyf wedi sicrhau ei bod hi'n gwbl effro bob eiliad ers hynny. Ymosodais ar fy egwyddorion fy hun a'u rhwygo'n rhacs â chrafangau'r deigres. Dyna sut y byddwn i'n disgrifio'r fath beth: nid rhagrith mohono, ond mam yn ymladd dros fywyd ei phlentyn.

Roeddwn wedi dysgu stori'r Creu i ti yn null fy nhad, a'r un adnodau dethol wedi'u plethu yn yr un modd: 'Yr wyf yn rhoi i chwi bob llysieuyn sy'n dwyn had ar wyneb yr holl ddaear, a phob pren y mae had yn ei ffrwyth, yn fwyd i chwi.' Ond ni ddywedaswn air wrthyt am ardd Eden gan nad oedd fy nhad yn hoff o'r rhan honno o'r Beibl. Felly dysgaist amdani ar dy liwt dy hun – darllen am Eden yn y Beibl neu glywed amdani mewn pregeth neu mewn gwers ysgol Sul. Doist ata i a gofyn pam nad oeddwn wedi sôn am y modd y creodd Duw wraig o asen Adda. Dywedais nad oeddwn i'n hoff o'r stori honno, nac ychwaith yn ei chredu.

Wyt ti'n cofio? Daethai un o'r pyliau drwg o boenau cefn drosot, ac er dy fod yn hogyn mawr – tua deuddeg oed, mae'n debyg – cariais di i fyny'r grisiau i'r llofft. Gorweddaist yno yn y gwely, a finnau'n eistedd yn dy ymyl, fy llaw yn anwesu dy dalcen yn ysgafn.

'Na, Mam, dwi ddim yn hoffi'r stori yna chwaith. Ond beth am y darn arall, pren gwybodaeth da a drwg?'

'Beth amdano fo?'

'Pa fath o dda a drwg mae o'n sôn amdano, Mam?'

'Wel, Asa, mae'n debyg bod y rhai sy'n credu yn y stori honno yn credu ei bod hi'n sôn am holl ddaioni a holl ddrygioni'r hil ddynol.'

'Sut mae cynnwys peth felly mewn coeden, Mam?'

'Dyna 'chdi gwestiwn da!'

'Ond sut?'

'Wel . . . am wn i mai . . . wel, yn ei ffrwyth. Dyna

ddywed y stori, yndê? Mae Efa'n bwyta ffrwyth y pren. Ar ôl cael ei hudo gan y sarff.'

Aethom yn ddistaw wedyn, dy lygaid ynghau a'm llaw innau'n dal i fwytho dy dalcen. Rhaid bod fy meddwl wedi crwydro, a dwi'n credu – neu'n dychmygu – iddo grwydro i'r gorffennol, ac i'r tro cynta y darllenais ysgrifen Mrs Rowlands.

Y mae bron y cwbl o gynhyrchion llysieuol y byd i'w cael oddi mewn i'r celloedd elfennol hyn, yr haen leiaf ac isaf hon sy'n ddeunydd crai pob planhigyn, boed y cynnyrch yn starts, yn siwgwr, yn sudd, yn wenwyn. Yn dda ac yn ddrwg.

Roedd dy feddwl di wedi crwydro i gyfeiriad arall.
'Mam?'
'Ia?'
'Pa fath o goeden ydi hi?'
'Wel, Asa, dwi ddim yn gwbod. Tydi'r stori ddim yn deud, nacdi?'
'Ond pa fath o goeden ydach *chi*'n dychmygu ydi hi?'
'Dyna gwestiwn da arall! 'Sgen i'm syniad, Asa. Coeden fala, ella? Gan fod ffrwyth arni?'
'Dwi'n dychmygu'i bod hi'n debyg i goeden gas-gan-fwnci.'

* * *

Daeth yn amlwg iawn i mi na fyddet ti'n mynd yn weinidog. Roeddet ti'n rhy barod i gwestiynu'r hyn a ddarllenet yn y Beibl a'r hyn a glywet yn y capel, a doedd gen i mo'r galon i geisio dy ddarbwyllo o bethau na allwn innau gredu ynddynt ychwaith.

Ond agorwyd drysau eraill i ti, diolch i'r drefn. Agoraist y rhan fwyaf ohonynt dy hun, efo'r gallu a'r doniau

cynhenid oedd wedi'u geni ynot, ond fe rown innau hwb
bach pan ddôi cyfle i wneud hynny. Dywedodd yr athro
ar ôl dy ddiwrnod cyntaf yn yr ysgol dy fod eisoes yn
darllen yn well na phlant dair blynedd yn hŷn na thi. Dim
syndod, y modd y llyncet eiriau! Darllenem efo'n gilydd
o'r eiliad y gallet wneud synnwyr o lythyren ar ddalen, er
nad oedd gennym lyfrau yn y tŷ ar wahân i'r Beibl ac
ambell gofiant roedd dy dad wedi'u hetifeddu ar ôl rhyw
berthynas neu'i gilydd. Ond roedd llawysgrif Mrs
Rowlands gennym, a threuliasom lawer awr yn pori
trwyddi. Er bod y papur wedi melynu a breuo, a'r inc
wedi pylu ychydig, roedd ei llawysgrifen gain yno i'w
gweld yn glir o hyd, a thithau'n dotio bob tro y gwelet dy
enw dy hun ar y ddalen gyntaf:

Elfennau Llysieueg
gan Asa Gray
Caerefrog Newydd

Mil wyth cant a thri deg a chwech

Hoffwn innau ychwanegu at y testun:
'Be ddylia fo ddeud ydi: "Gan Asa Gray, gyda chymorth
Hugh Davies, a'r cwbl wedi'i drosi gan Elinor Rowlands".'
'Pam na sgwennwch chi hynna, Mam, i'w neud o'n
iawn?'
'Dwn i ddim, Asa. Dwi ddim isio newid papurau Mrs
Rowlands, rywsut. Ond mi wna i ychwanegu ato ryw dro,
ella, pan ga' i gyfle i'w gopïo fo ar ddarn newydd o bapur.'

Hyd yn oed os nad wyt ti'n cofio'r adegau hynny cyn i ti
ddechrau yn yr ysgol, mae'n sicr y cofi di'r adegau eraill
yn ystod y blynyddoedd a ddaeth wedyn: ni'n dau'n

eistedd wrth y bwrdd, neu ar y fainc y tu allan i'r drws pan fyddai'n braf, yn pori trwy waith Mrs Rowlands. Hoffai Sara ein pryfocio yn ei gylch.

'Dyna chi eto, yn darllen yr un hen bapurach! Bryna i doman o lyfrau newydd i chi pan ga' i 'nghyflog fy hun, wir yr. Dyna'r peth cynta wna i efo 'mhres fy hun, dim ond i gael peidio'ch gweld chi'n byseddu'r hen bapurau melyn 'na!'

Byddwn yn cael fy synnu gan y modd y deallet ti'r cyfan y byddem yn ei ddarllen – y gallu hwnnw sydd gen ti i sugno geiriau i mewn a'u troi drosodd yn dy ben, a'u llefaru eto ag ychwanegiadau bach a wna'r ystyr yn gliriach.

Er na chymerai Elin lawer o ddiddordeb yn y gwaith, byddai'n loetran ar y cyrion pan fyddai cyfle er mwyn clustfeinio, a chwerthin bob tro y cynigiet ti welliant.

''Na chdi, Asa: deuda di!'

Er enghraifft, ar ôl i mi ddarllen rhan o'r rhagymadrodd: 'Wrth drin y Blodeuyn a'r Ffrwyth, fe'i ceir yn fuddiol eu hystyried ar yr un pryd gyda golwg ar eu hadeiledd yn ogystal â'u ffisioleg.'

'Ffisioleg ydi gair Mrs Rowlands am wneuthuriad byw y planhigyn, yndê Mam?'

'Wel . . . Ia, mae'n siŵr . . . o'i roi o fel'na.'

'Felly, pam deud "adeiledd a ffisioleg"? Yr un peth ydyn nhw yn eu hanfod, yndê? Mae'r ffordd mae planhigyn wedi'i adeiladu'n foddion byw iddo, 'yn tydi?'

A'th chwaer yn clochdar wrth gyhoeddi dy fuddugoliaeth. 'Da iawn, Asa, dyna chdi: deuda di!'

Finnau ryw adeg arall yn darllen am y blodyn neu'r ddeilen neu'r gwreiddyn: 'Priod swyddogaeth gwraidd yw dal y planhigyn yn y ddaear, a sugno'r bwyd y sydd yn ei gynnal i mewn i'r coesyn.'

'O'r gorau, Mam, ond rhaid bod y bwyd yn atgyfnerthu gwneuthuriad y gwreiddyn hefyd. Mae ymysg rhannau byw'r planhigyn, felly rhaid wrth faeth i gynnal y gwreiddyn – fel y coesyn a phob rhan arall.'

'Oes, Asa, mae'n debyg . . .'

'Peth arall, Mam: ydi o'n sugno dŵr 'ta bwyd, 'ta'r ddau yn gymysg? Mi ddwedwn i fod . . .'

'Da chdi, Asa; deuda di! Deuda di wrthyn nhw!'

* * *

Dyhewn am y llyfrau a werthwyd gan Nhad. Gwyddwn fod gennyt gyfle i ennill ysgoloriaeth i fynd i'r Ysgol Sir, cymaint y ganmoliaeth a glywn iti gan athro'r ysgol elfennol, ond roedd yn rhaid wrth Saesneg er mwyn llwyddo. Heddiw, mae'n loes calon i mi feddwl am y cymorth y dychmygwn y buaset wedi'i gael o gymharu trosiad Cymraeg Mrs Rowlands â llyfr Saesneg gwreiddiol Asa Gray. Ceisiwn ddychmygu'r Saesneg a lyncet wrth ddarllen *Sylvan Sketches* neu *Butterworth's Botanical Treatises*. Ond dyna ni. Cawsom gymorth arbennig gan athro'r ysgol elfennol, chwarae teg iddo. A chan lawer o bobl y capel hefyd, y rhai oedd â llyfrau i'w benthyg. Chwarae teg iddyn nhwytha. Ac roedd dy Saesneg di'n well o lawer na'm Saesneg i flwyddyn gron cyn i ti sefyll y papur ysgoloriaeth.

Fe'ch clywn chi'n chwerthin yn y nos o hyd – ti a'th dad, yn rhannu cyfrinach, jôc neu stori. Teimlwn fy mochau'n llosgi gan ddicter, a bron na safwn a cherdded at y drws. Ie, ildio i'r dicter, sefyll a cherdded at y drws. Gweiddi arno a deud nad oedd ganddo hawl o fath yn byd i fwynhau dy gwmni. Gofyn pa hawl oedd ganddo i fod yn gymaint o ffrindiau â thi, o gofio'r rhan chwaraeodd o yn nrama noson dy eni. Ei atgoffa nad oedd dy gariad yn eiddo iddo fo. Ei atgoffa nad oedd dy garu di'n eiddo iddo chwaith.

Yna byddwn yn troi mymryn yn y gwely, gan glosio at Elin neu Sara. Gadael i rythm eu hanadlu fy nhawelu. Byddwn yn deud yn ddistaw bach wrthyf f'hun mai fi oedd dy fam di – fi oedd y deigres a achubodd dy fywyd ac a gwffiodd drosot y noson gyntaf honno; fi oedd yr un a ymladdodd er dy fwyn mewn cynifer o ffyrdd ar gynifer o adegau ers y noson honno. Cofio'n ddiolchgar wedyn am bob un o'r brwydrau a enillwyd. Cofio dy fod yn mynd i'r Ysgol Sir; o ganlyniad, byddai drysau'n agor o dy flaen. Cysgwn yn y diwedd ym mreichiau cysur yr wybodaeth honno.

*   *   *

Roedd y Rhyfel yn gysgod dros dy flynyddoedd olaf yn yr Ysgol Sir, er fy mod yn credu nad wyt wedi sôn hanner digon wrtha i amdano. Gwyddwn dy fod wedi darbwyllo rhai o'th ffrindiau i beidio ag ymuno â'r fyddin – y rhai oedd am sleifio i ffwrdd, deud celwyddau am eu hoedran, a mynd i ymladd. Ond erbyn i'r holl gyflaflan ddod i ben ym mis Tachwedd 1918 roeddet wedi colli nifer o'th gyfoedion, gan gynnwys dy gyfaill pennaf, Edward, mab ficer Llanfelin. Collodd y Fron Uchaf a'r cyffiniau nifer hefyd: Dafydd bach, mab Dafydd Gruffydd; Robert, mab Owen Cae Garw; John, mab ieuengaf Wil a Lisa; Gruffydd Ifans, yr hogyn y breuddwydiwn ar un adeg y byddai Sara yn ei briodi. Fel rheol, clywn am y marwolaethau hyn yn ystod y dydd pan fyddai rhywun yn cludo'r hanes ar hyd y lonydd a'r llwybrau ar ôl i'r newyddion ddod gyda'r frêc. Byddwn yn disgwyl i dy dad ddod adref gyda'r nos, fy llygaid yn llosgi a 'nhafod yn barod:

'Glywsoch chi?'

'Do, mi glywis i yn y chwaral.'

'Wel dyna chi, Tomos Jones – mab arall wedi'i ladd. Plentyn arall o'r ardal wedi mynd yn sglyfath i'r Rhyfel felltith 'ma.'

Ddywedwn i mo'r cwbl oedd yn fy nghalon, ond gwyddwn fod hynny o edliw yn ddigon: dywedai fy llygaid y gweddill.

Bob tro y down adref ar ôl un o'r gwasanaethau coffa, byddwn yn mynnu bod ar fy mhen fy hun. Awn am dro pan fyddai'r tywydd yn caniatáu hynny. Fel arall, esgynnwn y grisiau i'm llofft ac eistedd ar fy ngwely am yn hir. Adroddwn stori dy eni'n ddistaw wrthyf fy hun, yn ymarfer ar gyfer y diwrnod pan fyddwn yn ei hadrodd wrthyt. Crwydrai fy meddwl weithiau gan fy ngorfodi i ddychmygu sut fath o brofiad fyddai trefnu cynhebrwng neu wasanaeth coffa i'm mab fy hun, a rhoddai'r hunllef effro honno fin o fath newydd ar y stori.

Roeddwn yn nabod Gruffydd Ifans yn well na'r meibion eraill a laddwyd, ac roedd o'n neilltuol o annwyl yn fy ngolwg. Torrwyd rhywbeth ynof pan ddaeth y newyddion fod Gruffydd wedi marw yn Hydref 1918. Yn ogystal â'r ffaith fy mod yn eithriadol o hoff ohono, ei farwolaeth o oedd y ddiweddaraf mewn rhestr hir o golledion a ddaethai i'r ardal. Cefais y teimlad yn gryfach na'r un tro o'r blaen fy mod ar fin edliw'r cwbl i'th dad – taflu'r hyn wnaethai o bedair mlynedd ar bymtheg ynghynt yn ôl i'w ddannedd. Roeddwn ar fin gweiddi rhywbeth fel:

'Dyna chi, Tomos Jones, y dynged fyddai wedi dŵad i'n rhan ninnau hefyd petai mab o'r math y buoch chi'n dyheu amdano wedi'i eni inni.'

Dychmygais am eiliad fy mod ar fin gweiddi pethau gwaeth na hynny hefyd. Ond y cwbl wnes i oedd poeri'r geiriau cyfarwydd ato:

'Dyna chi – mab arall wedi'i ladd, plentyn arall o'r ardal wedi'i gymryd gan y Rhyfel melltigedig 'ma.'

Wedyn, gan ostwng fy llais: 'Wel, dyna ni. Mi wna i damaid o swper i chi. Ond rhaid i mi nôl un neu ddau o betha o'r ardd yn gynta.'

Ychydig funudau'n ddiweddarach roeddwn wrthi'n coginio. Ar ôl rhoi tipyn o saim o'r potyn cadw yn y sosban fawr a'i rhoi ar y tân, es at y bwrdd i dorri'r llysiau. Torrais hanner nionyn yn fân, yn null Modryb Sarah, a'i roi yn y bowlen frown ar y bwrdd. Torrais hanner moronen yn fân hefyd, ac yna ddwy neu dair taten oer roeddwn wedi'u berwi'n gynharach y diwrnod hwnnw, a'u rhoi i gyd yn y bowlen. Wedyn, estynnais y gwreiddiau roeddwn wedi'u codi o'r ardd a'u torri'n fân, fân, yn null Modryb Sarah. Rhois hwythau yn y bowlen efo'r cynhwysion eraill. Trois ar fy sawdl, y bowlen fawr frown yn un llaw a llwy bren yn y llall, a cherdded draw at y sosban. Tywalltais y cyfan i mewn i'r sosban, gan droi'r darnau bychain â'r llwy. Mwynheais y synau – y sïo a'r hisian – wrth i'r llysiau ffrio yn y saim poeth.

Y nionyn, y moron, y tatws a gwreiddiau'r cennin Pedr.

III

III

Mae gen i lond gwlad o lyfrau erbyn hyn, pob un wedi'i brynu gen ti i'w roi'n anrheg i mi. Y rhai y daethost â nhw imi wrth ddod yma ar ymweliad. Y rhai a ddaeth drwy'r post.

Byddaf yn ceisio disgwyl nes bydd Elin neu Sara yn galw er mwyn cael cynnwys un ohonyn nhw yn y ddefod, ond dydi hi ddim yn hawdd ymatal. Does dim dewis gan amlaf ond mynd â'r parsel yn syth at y bwrdd, torri'r cortyn, dadlapio'r papur llwyd a datguddio'r gyfrol oddi mewn.

Fel arfer, byddaf yn darllen y newydd-ddyfodiad o glawr i glawr yn syth, cyn ei osod efo'r lleill ar y silffoedd llyfrau derw (un arall o'th anrhegion, y dodrefnyn harddaf sydd yn y tŷ ar wahân i'r cloc wyth niwrnod). Mae cymaint o hanes – cymaint o'n hanes ni – yn y llyfrau hyn, a'r anrhegion a ddewisaist yn dangos dy garedigrwydd a'th ofal. Gwyddost nad wyf o'r un anian yn hollol â thi, er nad wyt yn dy fwynder erioed wedi sôn am y gwahaniaeth hwn rhyngom. Felly mae'r rhan fwyaf o'r anrhegion yn llyfrau y gwyddet y byddwn wrth fy modd yn eu darllen: cofiannau, llyfrau hanes, barddoniaeth a straeon – pob un yn Gymraeg.

Y cylchgronau Cymraeg rwyt yn tanysgrifio iddyn nhw ar fy rhan, hefyd. *Y Llenor* ydi'r ffefryn gen i. Mae'n porthi 'nychymyg, ac yn porthi rhywbeth arall na allaf roi enw iddo'n hawdd; dywedwn mai balchder ydi o – y balchder sydd gennyf yn fy iaith fy hun. Dengys pob rhifyn o'r newydd na raid wrth yr iaith Saesneg am eiriau coeth, cyfoethog a chywir i drin yr agweddau mwyaf diweddar ar fywyd, yn ogystal â'r agweddau mwyaf hynafol ar y natur ddynol.

Fel y gwyddost heb i mi fod wedi deud wrthyt erioed fod pethau felly at fy nant, felly hefyd y gwyddost fod y byd gwyrdd o'n cwmpas yn bwysig i mi, yn bennaf fel drych i'n bywydau. Gwyddost fod cofio enwau'r blodau'n bwysicach i mi na dysgu pa bethau sy'n llechu oddi mewn i gelloedd planhigyn na fedraf mo'u gweld â'm llygaid fy hun.

Eirlys (neu lili fach wen)

Bysedd y cŵn (neu fenig ellyllon)

Ceg fy nain (neu drwyn y llo)

Plucen felen (neu feillionen felen)

Cenhinen Bedr (neu Narsisws, angau'n llechu yn ei galon)

Yn hynny o beth, rwyt ti'n nes o lawer at anian Mrs Rowlands. Dwi'n credu bod Nhad rywle yn y canol, yn ddyn oedd yn dysgu'r hyn roedd arno angen ei wybod er mwyn sicrhau bod planhigion yn tyfu orau y gallent, ond hefyd yn ymhyfrydu ynddynt fel y maent, heb eu tynnu'n ddarnau a'u hastudio o dan feicrosgop. Gwyddost hefyd fod peth o lenoriaeth y llysieuwyr yn annwyl gennyf am resymau na ŵyr neb ond ni'n dau, ac felly est i gryn drafferth (mi dybiaf) i gael copi o *Welsh Botanology* Hugh Davies i mi. A *Gwersi Mewn Llysieueg* – 'er mwyn cymharu iaith George Rees â thraethu Cymraeg Hugh Davies a Mrs Rowlands'. Llyfr na wyddem ddim oll amdano yn ystod dy blentyndod, er iddo gael ei argraffu yn Aberystwyth dair blynedd cyn i ti ddod i'r byd.

Yn yr un modd, bu'n rhaid i ti brynu dau lyfr gwyddonol arall i mi, rhai y doist o hyd iddyn nhw mewn siop aillaw yn ystod dy flwyddyn gyntaf yn y brifysgol. Dwi'n poeni o hyd dy fod wedi gwario gormod o'th arian cynhaliaeth prin arnyn nhw'r pryd hynny, ond eto mae'n bosibl na rôi botanegwyr Caer-grawnt lawer o werth ar hen lyfrau. Saif y ddau efo'i gilydd ar y silff uchaf (yn ymyl llyfr Hugh Davies a chyfrol George Rees) – *Elements of Botany, by Asa Gray, M.D., New York, 1836,* a'r diweddariad – *Gray's Lessons in Botany, Revised Edition, 1887.* Mae'n rhaid gen i na wyddai Mrs Rowlands am hwnnw; fe'i cyhoeddwyd y flwyddyn y bu hi farw. Byddai'n sicr wedi sôn wrtha i pe bai wedi clywed am lyfr newydd gan Asa Gray.

Gwn mai rhoi cyfle i mi eu darllen ochr yn ochr â gwaith Mrs Rowlands oedd dy fwriad – ac mae'n syniad hyfryd iawn, yn sicr – ond fedra i ddim ymgodymu â'r Saesneg. Dwi'n eu gwerthfawrogi'n fawr, er gwaetha'r iaith, ac yn eu bodio'n aml i edrych ar y lluniau.

Fel y dywedais, roeddwn i'n poeni dy fod yn gwario gormod o'th arian cynhaliaeth ar yr anrhegion hyn pan oeddet yng Nghaer-grawnt, ond dydw i ddim yn poeni rŵan. Dywedodd Elin wrtha i faint ydi dy gyflog (wn i ddim sut cafodd hi hyd i'r wybodaeth honno, ond dyna ni: un dda am ddod o hyd i wybodaeth fuo hi erioed). Eto, byddai'n well o lawer gen i pe bai gen ti wraig a phlant i wario arnyn nhw, yn hytrach na difetha dy fam efo cymaint o anrhegion. Ond gwranda di: dwi'n gwerthfawrogi'r cyfan yn fawr iawn, ac mae'r llyfrgell bersonol hon wedi dod yn rhan ganolog o 'mywyd.

Byddaf yn symud dy lyfr *di* o le i le, yn dibynnu ar fympwy'r diwrnod ac awydd yr awr. Bydd yn eistedd yn ddiogel ar y silff weithiau, wedi'i sodro'n dynn rhwng *Gwersi mewn Llysieueg* ac *Elements of Botany*. Byddaf yn meddwl bob hyn a hyn y dylwn ei osod ar y silff isaf sy'n dal y tomenni bychain o bapurau a chylchgronau, nifer ohonynt yn cynnwys dy waith (o'r pethau ysmala a ysgrifennaist ar gyfer y *Tea Phytologist* pan oeddet ti'n fyfyriwr, i'r papurau gwyddonol Saesneg nad oes gennyf obaith o'u darllen na'u deall). Caiff ei weld ar adegau eraill ar ganol bwrdd y gegin, yn dyst i'm diffyg gwyleidd-dra a'm gobaith y bydd ymwelydd yn sylwi arno a holi yn ei gylch. Ond, yn amlach na pheidio, bydd yn gorwedd ar y bwrdd bach yn ymyl fy ngwely. Os nad ydw i'n ei ddarllen bob nos, dwi o leia'n ei agor a syllu ar yr wyneb-ddalen:

Elfennau Llysieueg
gan Asa Gray

Cyfieithiad Elinor Elizabeth Rowlands
gydag ychwanegiadau o waith Hugh Davies

Wedi'i gwblhau a'i olygu a'i ddiweddaru
gan A. G. Evans-Jones

*   *   *

Mae'r tŷ 'ma'n dawel iawn, ar wahân i'r adegau pan fydd Elin neu Sara neu un o'u plant yma. Gwn y byddai unrhyw wraig weddw arall yn ymadael â'r tyddyn ac yn symud i dŷ bychan, moel, ond gan fod dy chwiorydd, eu gwŷr a'u plant mor barod i roi help llaw, dwi'n cael aros yma. Dwi'n ddiolchgar iawn iddyn nhw am eu cymwynas-garwch.

Er nad ydi pob atgof sydd gen i yn un hapus, fedra i

ddim ymadael â'r llecyn hwn – yma y ganed pob un ohonoch chi, fy mhlant. Yma y cawsoch chi'ch magu gen i. Yma y collais frwydr bwysica 'mywyd, ac yma'r enillais y frwydr honno.

Caf gwmni'r cloc yn ystod y diwrnodau tawel hynny, ei dician trwm, solet yn atseinio trwy'r tŷ. Caf gwmni'r llyfrau a'r cylchgronau hefyd; mae agor rhai ohonyn nhw fel gweld wynebau hen gyfeillion, ac mae eraill yn dod â chyfeillach o fath newydd i mi. Ar adegau, pan fydda i'n cribo'r silffoedd â'm llygaid wrth chwilio am gyfrol i'w darllen, byddaf yn cofio'r llyfrau a ddaeth atom ni yng nghorff y cloc wyth niwrnod yr holl flynyddoedd yn ôl. Roedd cysylltiad pob un o'r cyfrolau â Mrs Rowlands ymysg y pethau a'u gwnâi'n drysorau mor werthfawr i mi; rhaid bod a wnelo hynny ag o leiaf gyfran o'r dagrau a wylwn bob tro y bu'n rhaid ffarwelio ag un ohonynt.

Fyddi di'n darllen llyfrau Edward weithiau – y rhai y mynnodd ei fam a'i dad eu rhoi iti ar ôl iddo gael ei ladd yn y Rhyfel? Wyt ti'n gallu eu hagor heb gofio'r cysylltiad a theimlo'r golled? Weli di ôl ei fysedd ar ambell dudalen? A fyddi di'n dychmygu dy fod yn gweld ôl ei lygaid arnynt hefyd?

O'm rhan i, fedra i ddim meddwl amdanyn nhw heb ddychmygu'i fam a'i dad yn eu tynnu oddi ar y silff ac yn eu byseddu'n dyner, eu mwytho, cyn eu gosod yn ofalus mewn cist yn barod i'w hanfon atat. Pob un yn atgof o'u mab, pob un yn ernes o'r cymorth roedden nhw'n ei estyn i ti, wrth helpu i sicrhau y byddai gen ti'r modd i fyw yng Nghaer-grawnt gydol dy amser yno. Ceisiaf beidio â gofyn y cwestiynau anghynnes hyn i mi fy hun: pe na bai'r Rhyfel wedi cipio'u mab oddi wrthynt, a fyddet wedi derbyn cymaint o'u sylw a'u cymorth? A ydi cyfran o'r llwyddiant sydd wedi dod i'th ran wedi gwreiddio yn naear eu trallod nhw?

Dwi'n meddwl cryn dipyn am y dynion o'r cyffiniau yma sydd wedi mynd i ymladd yn Sbaen. Dim ond diferyn bach o'i gymharu â'r afon o waed a lifodd o'r ardal hon yn ystod y Rhyfel Mawr, ond mae'r golled yr un fath i'w teuluoedd. Dywed rhai y bydd y rhyfela'n tyfu i fod yn Rhyfel Mawr arall.

Mi fydda i'n teimlo'n ddiolchgar bob tro y bydda i'n meddwl am y Rhyfel hwnnw – ac yn teimlo'n euog o'i herwydd. Dwi'n galaru o hyd dros yr hogiau a laddwyd, ond yn methu ymatal rhag diolch na fu'n rhaid i ti fynd i ymladd. Mae hunanoldeb o'r fath yng nghalon pob mam. Dyna galon y deigres, greddf na ellir ei newid – gosod bywyd ei phlentyn ei hun uwchlaw popeth arall.

Daeth rhai o ddigwyddiadau'r blynyddoedd hynny'n rhan o'r stori – y stori y byddaf yn ei hadrodd yn ddistaw bach wrthyf fy hun bob dydd, fel pe bawn yn ei hadrodd wrthat ti. Yn cyffesu. Yn egluro.

Gwn dy fod yn ymwybodol o'r gangendor rhwng y ddau ohonom, dy dad a minnau. Gwn (er na ddywedaist air yn ei gylch erioed) fod oerni'n perthynas yn aflonyddu arnat. Rwyt ti'n haeddu eglurhad, ac felly dyma fi eto'n ymarfer y stori hon, yn paratoi ar gyfer yr adeg pan fydd hi'n barod i'w hadrodd wrthyt. Ond mae'r stori wedi newid ychydig dros y blynyddoedd, a dwi'n gwybod rŵan na allaf ei hadrodd heb gynnwys ambell beth a berthyn i'r degawdau a ddaeth wedyn.

Fel yr hyn a wnes i tua diwedd y Rhyfel Mawr.

* * *

Dydi hi ddim yn hawdd i mi egluro wrth gyffesu. Fedra i ddim cael gafael ar y geiriau fyddai'n disgrifio'n iawn yr hyn a'm gyrrodd i gyflawni'r weithred. Roedd f'ysbryd wedi'i feddiannu gan gymysgedd o euogrwydd a dicter, a daeth awydd i ddial yn sgil y teimladau gwenwynig hynny. Dyna'r unig ffordd y gallaf ddisgrifio'r hyn ddaeth drosof pan glywais fod Gruffydd Ifans wedi'i ladd yn y Rhyfel. Mae'n bosibl na fyddwn wedi gwneud yr hyn wnes i petawn wedi gadael i'r argae y tu mewn i mi dorri'n iawn – petawn i wedi gweiddi ar dy dad:

'Dyna chi, Tomos Jones, y dynged fyddai wedi dŵad i'n rhan ninnau hefyd petaen ni wedi cael mab o'r math y buoch chi'n dyheu amdano. Ond adewais i ddim i chi ladd ein mab ni, a fydd y Rhyfel melltigedig 'ma ddim yn ei ladd o chwaith.'

Yn hytrach na llefaru'r geiriau oedd yn fy nghalon, cerddais i'r ardd a chodi gwreiddiau cennin Pedr. Ar ôl i mi eu golchi, torrais nhw'n fân a'u cymysgu efo chydig o lysiau eraill, a'u ffrio mewn saim cyn ychwanegu dŵr a throi'r cyfan yn rhyw fath o gawl. Mae'n rhaid bod dy dad yn methu deall, gan nad o'n i wedi bod mor ffeind wrtho fo ers yn agos at ugain mlynedd.

'Steddwch wrth y bwrdd. Ddo' i â'r bwyd ichi.'

Doeddwn i ddim wedi rhoi bwyd poeth o'i flaen o ers blynyddoedd, ar wahân i ginio dydd Sul pan nad oedd dewis ond bwyta efo'n gilydd fel teulu. Fel arall, byddwn yn sicrhau ein bod ni'n pedwar yn bwyta cyn iddo fo ddod adref o'r chwarel, gan adael iddo chwilio am hynny o datws oer a bara oedd ar ôl yn y gegin. Ar ôl i chi'ch tri adael y nyth, byddwn yn bwyta ar fy mhen fy hun cyn iddo gyrraedd adref er mwyn osgoi rhannu bwrdd ag o.

Ddywedodd o 'run gair y noson honno, dim ond mynd i eistedd wrth y bwrdd fel un yn cerdded yn ei gwsg.

Torrais frechdan a'i gosod o'i flaen, ynghyd â'r piser dŵr a chwpan.

'Dyna chi. Ddo' i â'r cawl mewn munud. Does 'na ddim cig yn'o fo, dim ond saim, ond mae 'na ddigon o nionod i roi blas arno fo.'

Eisteddai dy dad yno ym mhen y bwrdd, ag un llaw'n pwyso ar y bwrdd, a'i ben wedi plygu fel pe bai'n astudio'r bara – neu'n ceisio osgoi dal fy llygaid i. Estynnais fowlen a llwy a'u gosod ym mhen arall y bwrdd. Lapiais gadach o gwmpas fy llaw rhag llosgi wrth godi'r sosban o'r tân, ac yna tywalltais y cawl i'r bowlen. Gosodais y sosban ar y bwrdd, yn ddi-hid o'r niwed y gallai'r metel poeth ei wneud i'r pren. Codais y llwy a chymryd dau gam er mwyn ei gosod yn ymyl llaw dy dad. Yna cerddais yn ôl yn araf a chodi'r bowlen, a gafael ynddi'n ofalus wrth ei chario i'r man lle'r eisteddai. Ond yn hytrach na gosod y bowlen o flaen dy dad, cerddais yn fy mlaen heibio iddo at y drws. Slochiodd ychydig o'r cawl dros ymyl y bowlen wrth i mi wthio'r drws ar agor, ond oedais i ddim i edrych ar y llanast ar y llawr. Rhuthrais drwy'r drws i'r ardd a lluchio'r cyfan.

Pan ddychwelais i'r gegin, roedd dy dad wrthi'n bwyta'i frechdan, ei ben ar un ochr a'i lygaid wedi'u gostwng.

'Mae'n ddrwg gen i, Tomos. Doedd y cawl yna ddim yn ffit i neb byw ei fyta.'

Dechreuais lapio'r cadach o gwmpas fy llaw er mwyn codi'r sosban, ond dywedodd dy dad yn ddistaw:

'Peidiwch, Mari. Mi wna i olchi'r sosban a'r bowlen wedyn.'

A dyna ni. Rhyw bum mlynedd ar ôl hynny aeth dy dad yn wael a marw o lid yr ysgyfaint. Roedd yn ddyn cydnerth, ond eto roedd y blynyddoedd wedi deud arno. Roeddwn yn teimlo'n euog iawn ddiwrnod ei gynhebrwng, ond eto'n cymryd cysur o'r ffaith nad cawl Narsisws oedd wedi dod â ni yno at lan ei fedd.

Safem yno, a thithau'n dal fy llaw, yn canu:

> Awr o'th bur gymdeithas felys,
> awr o weld dy wyneb pryd
> sy'n rhagori fil o weithiau
> ar bleserau gwag y byd.

Rhaid i mi gyfaddef fy mod yn falch ar y pryd fod yr achlysur wedi dod â thi adref. Teimlwn yn euog am ymhyfrydu yn y fath fodd, ond chwerwodd fy nghalon eto pan ddywedaist ar ddiwedd y gwasanaeth dy fod wedi colli ffrind yn ogystal â thad. Cofiais sut y byddai hi yn y nos erstalwm, a minnau'n gwrando arnoch chi'ch dau yn siarad ac yn chwerthin am y pared â mi. Cofiais, a dechrau meddwl am y stori y byddwn yn ei hadrodd yn ddistaw wrthyf fy hun cyn cysgu'r noson honno.

* * *

A dyma fi wedi ymweld â thi o'r diwedd. Dwi'n teimlo'n wirion, a finnau wedi gwneud y daith yr holl ffordd acw ac yn ôl mor ddidrafferth, ac yn cofio fel y bu i mi wrthod dy fynych wahoddiadau yn y gorffennol. Sawl llythyr dderbyniais i yn erfyn arna i i ddod yna?

F'annwyl Fam,

Rydwyf yn gobeithio bod hyn o lythyr yn eich canfod yn iach fel y mae yn fy ngadael innau. Ac os ydych yn teimlo'n iach ac yn ddigon cryf (fel y tybiaf yr ydych), pam na wnewch gydsynio i ymweld â mi yma yn Kew? Mae hen ddigon o le yn fy nhŷ a gwn y caech bleser o'r mwyaf yn gweld y gerddi â'ch llygaid eich hunan. Caf innau bleser o ddangos i chi ffrwyth fy llafur gyda'r casgliadau.

Rhaid dy fod wedi colli amynedd efo fi sawl tro, er na roddaist arwydd o fath yn y byd o hynny. Wn i ddim beth oedd arna i'n gwrthod dros yr holl flynyddoedd. Ofn, mae'n siŵr; ofn teithio'r tu allan i Gymru, gan fod gennyf gyn lleied o Saesneg. Ofn bod yn faich arnat ti. Ond mi ddarbwyllaist fi o'r diwedd, a dwi mor falch. Mor falch. Mae 'mhen i'n troi wrth feddwl am yr wythnos ddiwethaf; dwi'n gorwedd yma'n gwrando ar sŵn y cloc – yn sawru'r atgofion, yn iraidd ac yn fyw, fel blodau newydd eu torri.

* * *

Roeddet ti'n iawn: dydi'r holl luniau anfonaist ti ata i'n rhoi dim amcan o ryfeddod y lle. Dydi hi ddim yn bosibl cynnwys maint a mawredd y Palm House a'r Temperate House ar damaid o gerdyn. Roedd cerdded i gyfeiriad y tai gwydr mawr o bell yn ddigon o brofiad – yr adeiladau'n codi o'n blaenau fel cestyll grisial anferth yn disgleirio yn yr haul – ond doedd hynny ddim yn cymharu â'r teimlad a gefais wrth gamu trwy'r drysau. Y golygfeydd yn gwneud i mi deimlo fy mod wedi 'nghipio ar adenydd hud i lefydd pellennig, a finnau fel Eluned Morgan yn dringo'r Andes neu'n tramwyo paith rywle yn Ne America. Y coed palmwydd mawr, eu dail yn gwau patrymau cain a chymhleth yn erbyn y golau a ddeuai trwy'r to gwydr, a'u rhisgl yn edrych fel croen neidr. Rhai o'r dail hirion yn edrych mor finiog â chyllyll, eraill fel pe baent yn gofyn i mi ddringo i fyny tuag atynt a chyffwrdd yn eu bysedd gwyrdd, sidanaidd. Ambell un yn ymddangos fel cawres bigog, yn debyg i'r goeden gas-gan-fwnci. Eraill yn fwy gwylaidd, yn plygu'u pennau – y cudynnau o ddail llac yn plygu at i lawr, fel gwraig alarus a'i gwallt hir yn rhydd o'i chwmpas. Ni fyddaf byth yn anghofio'r arogleuon ychwaith, yn enwedig y tu mewn i'r Tŷ Tymheraidd. Arogl lleithder – nid tamprwydd a llwydni, ond lleithder melys y planhigion. Arogl gwyrddni. Arogl bywyd.

Cerdded wedyn trwy'r gwahanol erddi y tu allan; rhai o'r blodau yn newydd i mi, llawer ohonynt yn gyfarwydd. Llwyni o rosod amryliw, ynysoedd o ddahlias, lleiniau bychain o babis, hocys, eurflodau a cheilys – fel enfysau bychain wedi'u tynnu o'r awyr a'u sodro yn y ddaear. Bidoglysiau na welswn mo'u tebyg erioed, blodau camelia o fathau na allwn fod wedi'u dychmygu. Yr holl wahanol arlliwiau o goch a phiws a melyn a phinc. Cynifer o flodau'n gwau trwy'i gilydd mewn plethwaith cymhleth o liwiau. Finnau'n pwyso'n ysgafn ar dy fraich wrth i ti fy nhywys yn araf ar hyd y llwybrau, yn egluro hanes y planhigyn hwn a'r goeden acw. Dychmygwn weithiau wrth i ni grwydro'n hamddenol trwy erddi Kew fod amser wedi cau arno'i hun, a ninnau'n cerdded efo'n gilydd yng ngardd Plas Uchaf. Nid yr adfeilion a'r olion llawn chwyn y buom yn eu harchwilio pan oeddet yn blentyn, ond yr ardd yn ei hanterth pan oedd Mrs Rowlands yn fyw. Gro gwyn y llwybrau'n crensian dan ein traed, y gawres fawr bigog yno'n disgwyl amdanom bob tro y codem ein llygaid o'r corachod lliwgar, yr awel yn cludo arogl lafant.

Ond roddodd yr holl erddi a rhyfeddod y tai gwydr mawrion ddim cymaint o bleser i mi â'r wefr a gefais wrth weld yr ysgrifen euraid ar ddrws d'ystafell:

A. G. Evans-Jones
Assistant Curator and Director of Scientific Collections

Dy enw di yn un o'r holl enwau eraill sy'n gwau trwy hanes y lle: Mr Thiselton-Dyer, yr Albanwr David Prain, E. H. 'China' Wilson. Roeddwn wrth fy modd yn gwrando ar y straeon, yn mwynhau'r modd rwyt ti wedi llyncu'r holl hanes a'i wneud yn rhan o'th chwedloniaeth bersonol dy hun: y brenin a faglodd a disgyn i mewn i'r llyn, y blodau a ddadwreiddiwyd er mwyn gwneud lle ar gyfer tatws a moron yn ystod y Rhyfel Mawr, y pafiliwn te a losgwyd gan y syffrajéts. Yr un syffrajéts a fu'n ymosod ar lawntiau criced a meysydd golff yn Lloegr, yn gwneud gelyn o wair er mwyn difetha caeau chwarae'r dynion a geisiai reoli cymdeithas.

Dychmygwn y merched dewr hyn nid fel y gwragedd cefnog eu golwg a welais mewn llun ohonynt ond fel Elen Esra, yn gwisgo sgert laes frown a smoc lwyd lac, dillad gwaith a ganiatâi iddynt symud yn gyflym ac yn hyderus. Yn sibrwd geiriau syml o gysur ac yn deud yn ddi-flewyn-ar-dafod y byddai ceisio egluro rhai pethau wrth rai dynion fel bwrw halen i'r môr. Yn camu ymlaen yn ddi-lol, yn torchi llewys, ac yn gwneud y gwaith pwysicaf eu hunain. Yn gwneud gwas bach ufudd o ddyn fyddai'n eu dirmygu pe gallai. Yn gorchymyn y dyn hwnnw i fynd i nôl dŵr wedi'i ferwi a chadachau glan.

* * *

Byddi di'n cofio Elen Esra. Es â thi i'w gweld cyn i ti ddechrau yn yr Ysgol Sir. Roedd hi wedi rhoi'r gorau i'w gwaith ers rhai blynyddoedd gan fod cen o lwydni wedi pylu sglein ei llygaid a'r cryd cymalau wedi'i chyffio a'i harafu. Mae'n gywilydd gen i gyfaddef nad es â thi i'w gweld ynghynt, ond dwi'n tybio nad ydw i'n wahanol yn hyn o beth i'r mamau eraill roedd hi wedi bod yn eu helpu. Roedd Elen Esra'n rym a ddeuai i'n bywydau pan oedd arnom ei hangen, ac wedyn yn diflannu i'r nos i helpu eraill. Fyddwn i ddim yn synio amdani fel dynes gyffredin y gellid ymweld â hi fel pe bai'n unrhyw gymdoges arall, ond daeth i'm meddwl fynd â thi i'w gweld y diwrnod hwnnw. Byddi'n cofio'r modd yr eisteddon ni yn ei hymyl o flaen y tân, a hithau'n dal fy llaw wrth i mi egluro ychydig o'th hanes – ailadrodd canmoliaeth yr athro yn yr ysgol elfennol, a disgrifio'r ysgoloriaeth oedd ar fin dy gludo i'r Ysgol Sir.

Mi gofi'r modd y plygodd hi'n nes atat a chydio yn dy fraich ag un llaw, cyn troi'n ôl ata i a deud,

'Wel, Mari fach, dyna ni. Mi ddeudis i fod nerth yn yr hogyn yma, 'do?'

A dwi'n siŵr i mi weld rhyw fflach yn ymddangos am eiliad yn ei llygaid – y gwyrddni llachar yn torri trwy gen pŵl henaint.

*   *   *

Dwi'n adrodd y stori eto heno. Ei hadrodd yn ddistaw y tu mewn i mi. Gallwn ei llefaru'n uchel, ei bloeddio ar dop fy llais nes bod distiau'r to yn crynu – does neb ond y fi yma heno fel y rhan fwyaf o'r nosweithiau hyn – ond lefara i 'run gair ohoni y gallai 'run glust ei glywed, dim ond ei hadrodd yn ddistaw y tu mewn i mi. Dwi'n dal i'w mireinio a'i hymarfer a'i chaboli gan geisio cysylltu'r holl linynnau sy'n rhedeg o rannau eraill o'm hanes i ddigwyddiadau'r un noson honno – noson dy eni.

Gwn bellach na fyddaf byth yn ei hadrodd wrthat ti. Dwi'n cofio'r hyn ddywedaist ti am dy dad ddiwrnod ei gynhebrwng, a gwn nad oes gen i'r hawl i ddwyn yr hapusrwydd hwnnw oddi arnat. Pam y byddwn yn dial ar ddyn marw? I beth y cymerwn gyfran o'r atgofion melys sydd gennyt ti am dy blentyndod dy hun? Teimlaf fy mochau'n llosgi â dicter wrth feddwl na fyddi byth yn gwybod y rhesymau dros yr oerni a'r pellter a fu rhwng dy dad a finnau, a theimlaf bwysau'r anghyfiawnder yn drwm ar fy nghalon wrth feddwl na elli lai na rhoi peth o'r bai arna i am ei drin yn y fath fodd gydol y blynyddoedd. Ond bydd yn rhaid i'r cyfan aros y tu mewn i mi, yn wreiddyn chwerw na fedraf byth mo'i ddangos iti.

Gwreiddyn chwerw ac arno flodyn hardd cariad.

Byddaf yn ysgrifennu llythyr maith atat y peth cyntaf yn y bore. Adroddaf stori o fath arall wrthyt: cei glywed holl hanes yr wythnos ddiwethaf o'm safbwynt i. Ysgrifennaf a deud cymaint y bu i mi fwynhau'r ymweliad. Ceisiaf ddisgrifio'r atgofion a fydd yn fyw yn fy nychymyg am byth. Dywedaf imi sawru pob eiliad, yn enwedig y cyd-gerdded hwnnw hefo ti yn y gerddi. Byddaf yn deud fy mod yn hoffi cau fy llygaid a dychmygu ein bod yn cyd-gerdded yno eto, finnau'n pwyso'n ysgafn ar dy fraich, ac enfysau o flodau bob ochr inni.

* * *

Ond cyn mynd i gysgu heno, rhywbeth arall fydd yn llenwi fy meddyliau. Bydd y cyfan mor fyw nes fy mod i'n ei deimlo: fy nghorff yn symud, y llawr pren yn oer o dan fy nhraed noeth ac yna o dan fy nghliniau.

Codaf o'r gwely.

Plygaf.

Estynnaf fy nwylo.

Codaf a llithro'n ôl o dan y cynfasau.

Codaf eto.

Plygaf eto.

Estynnaf fy nwylo a chydio ynot.

GAIR AM Y STORI

Byddai fy nhad-yng-nghyfraith yn sôn weithiau am rywbeth roedd 'rhyw hen feddyg cefn gwlad' wedi'i ddeud wrtho pan oedd yn ddyn ifanc. Nid oedd yn un i hel clecs ac ailadrodd sïon, ond roedd yr hyn a ddywedodd yr 'hen feddyg' hwnnw wrtho wedi cydio yn ei gof ac yn chwarae ar ei feddwl hanner canrif a mwy ar ôl iddo ei glywed. Ac felly, byddai'n sôn amdano bob hyn a hyn.

Dywedodd y meddyg dienw hwnnw nad oedd yn gweld llawer o blant ag anableddau yn ei ardal ef gan fod 'pwysau ar y fam yn yr hen ddyddiau i roi babi a aned felly o dan y gwely'.

Man cychwyn y stori hon oedd ceisio dychmygu sefyllfa o'r fath. Mae'r gweddill yn ffuglen.

DIOLCH

– i Katherine Williams, Angharad Price, Gerwyn Wiliams, Peredur Lynch, Jason Walford Davies, Aled Llion Jones ac Ifor ap Glyn am gymorth a chefnogaeth

– i Sian Northey am ganiatáu i mi ddyfynnu 'Stori Arall'

– i Nan ac Alwyn, Gwasg Gwynedd, am eu gwaith caled a'u gofal

– ac i Judith, Megan a Luned am fy nghynnal ar hyd y daith.